KB043078

양화소록

선비화가의 꽃 기르는 마음

양화소록
선비화가의 꽃 기르는 마음

지은이
강희안
옮긴이
서윤희, 이경록

초판 1쇄 발행
1999년 11월 10일
초판 2쇄 발행
1999년 12월 30일
개정1판 1쇄 발행
2012년 11월 20일
개정2판 1쇄 발행
2024년 06월 10일

펴낸이
김효형
펴낸곳
(주)눌와
등록번호
1999. 7. 26. 제10-1795호
주소
서울시 마포구 월드컵북로16길 51, 2층
전화
02 3143 4633
팩스
02 6021 4731
전자우편
nulwa@naver.com
페이스북
facebook.com/nulwabook
인스타그램
instagram.com/nulwa1999
블로그
blog.naver.com/nulwa
편집
김선미, 김지수, 임준호
디자인
엄희란

개정2판 표지·본문 디자인
엄희란
개정2판 편집
임준호

ⓒ 눌와, 1999

ISBN
979-11-89074-73-9 03810

책값은 뒤표지에 표시되어 있습니다.
이 책 내용의 전부 또는 일부를 재사용하려면
반드시 동의를 받아야 합니다.

지은이 강희안

조선 초기의 문신이자 서화가.
자는 경우景愚, 호는 인재仁齋로
본관은 진주이고, 1417년태종 17에 태어나서
1465년세조 11에 죽었다.
1441년세종 23 문과에 급제한 후
여러 관직을 거쳐 1463년에
중추원부사가 되었다. 정인지 등과 함께
훈민정음 28자에 대한 해석을 붙이고,
최항 등과 함께 〈용비어천가〉의 주석을 붙였으며,
《동국정운東國正韻》의 편찬에도 관여하였다.
단종 복위운동에 연루되어
고초를 겪었지만, 성삼문의
적극적인 부인으로 화를 면했다.
시서화에 모두 뛰어나 당대의 삼절三絶로
이름이 높았으나, 세상에 알려지는 것을 꺼려
따로 전하는 그림이나 문집이 없다.
다만 시문과 《양화소록養花小錄》이
그의 동생 희맹이 편집한 가문의 문집
《진산세고晉山世稿》에 전할 뿐이다.

옮긴이 서윤희·이경록

두 사람은 같은 해에 태어났고,
같은 시기에 지곡서당한림대학교부설 태동고전연구소에서
한문을 공부하였다.
서윤희는 서강대학교 사학과에서
학부와 석사를 마치고, 박사 과정을 수료하였다.
현재 국립중앙박물관 학예연구관으로 일하고 있다.
조선시대 책의 사회문화사에 관심이 많으며
의미 있고 흥미로운 역사 전시를
구현하기 위해 노력하고 있다.
이경록은 연세대학교 사학과에서
학부와 석사를 마치고,
성균관대학교 사학과에서 〈고려시대 의료사 연구〉로
박사 학위를 취득하였다.
현재 연세대학교 의과대학 의사학과에서 일하면서
한국 의료의 발전과정을 실증하는 한편
전근대에서 의료가 갖는
사회적 함의를 탐구하고 있다.

양화소록

【 선비화가의 꽃 기르는 마음 】

강희안 지음   서윤희·이경록 옮김

눌와

차례

2024년 전면 개정판
《양화소록》을 내면서 ········ 7

2012년 《양화소록》
개정판에 부쳐 ········ 8

해제 및
옮긴이의 말 서윤희, 이경록
········ 9

《양화소록》 서 강희맹
········ 18

양화소록

양화소록 ········ 22
노송 ········ 24
만년송 ········ 31
오반죽 ········ 34
국화 ········ 40
매화 ········ 48
난혜 ········ 55
서향화 ········ 60
연화 ········ 66
석류화 ········ 72
치자화 ········ 78
사계화 ········ 82
산다화 ········ 88
자미화 ········ 93
일본 철쭉화 ········ 98

귤나무 ········ 102
석창포 ········ 108
괴석 ········ 114

화분에서 꽃과 나무를
키우는 법
········ 120

꽃을 빨리 피게
하는 법
········ 121

모든 꽃이 싫어하는 것
········ 122

꽃과 나무를
선택하는 법
········ 123

꽃을 기르는 법
········ 123

화분을 배열하는 법
········ 124

갈무리하는 법
········ 125

꽃을 키우는 이유
········ 126

부록

《인재시고》의 뒤에
붙이는 글 서거정, 최호
········ 130

《진산세고》
발문 김종직
········ 136

인재 강공 행장 김수녕
········ 139

《양화소록》 원문

일러두기

1.
이 책은 《진산세고晉山世稿》 권4에 수록되어 있는
《양화소록養花小錄》을 번역하고 2024년에 전체적으로 개정한 것이다.
번역문을 전체적으로 재검토해 다듬고,
김태정 제공 사진과 일부 사진은 새롭게 교체해서 보완했다.

2.
번역의 저본으로는 박영돈 소장본 보물 지정본을 이용하였다.
본문 뒤에 영인된 원문을 수록하였다.

3.
독자의 이해를 돕기 위해서 《진산세고》 권3 앞에 수록된
김수녕金壽寧이 쓴 강희안의 행장과 권4 뒤에 수록된
서거정徐居正, 최호崔灝의 〈제인재시고후題仁齋詩藁後〉와
김종직金宗直의 《진산세고》 발문跋文을 부록으로 덧붙였다.

4.
《양화소록》 원문에서는 먼저 원예에 관해 수집한
전거典據들을 인용한 다음 강희안 자신의 견해를
본문보다 두 자 정도 들여 써서 구분했는데, 이 책에서도
그 형식을 따랐다. 또한 강희안은 인용문에서
백원白圓. 새로운 문단의 시작 부분에 사용하는 동그라미 부호를 사용하여
전거를 구분했는데, 이 책에서는 문장의 흐름상
구별할 수 있어 따로 표시하지 않았다.

5.
본문에 작은 글씨로 【 】와 함께 묶은 것은 원문 주이다.
그 외 윗첨자 설명과 각주는 모두 옮긴이가 붙였다.

6.
본문 시작에 앞서 해당하는 식물 사진을 넣었으며,
원문과 별개로 본문 뒤마다 해당하는 식물을 설명하였다.

7.
한글 표기를 원칙으로 하고, 한자가 필요한 경우에는
다른 색으로 병기하였다.
음이 다른 경우에도 따로 구분하지 않았다.

도판 출처
국립생물자원관 72, 78, 113 | 국립중앙박물관 11 | 김성철 24, 48, 66, 88, 98, 102, 114
놀와 30, 31, 33, 39, 40, 54, 77, 97, 101, 119 | 문화재청 59 | 바이두백과 87
안완식 표지, 3 | 이효우 108 | 크라우드픽 34, 60, 65, 81, 93, 107 | 픽스타 55, 92
한국학중앙연구원 47 | A. Barra 82 | Peripitus 71

2024년 전면 개정판 《양화소록》을 내면서

세월이 훌쩍 지나갔다. 1999년 《양화소록》을 처음 펴냈다. 10년이 조금 지난 2012년 판형과 디자인을 바꾸고 다시 정리하면서 개정판을 냈다. 그리고 또 10여 년이 지났다. 《양화소록》을 처음 번역하여 세상에 내놓은 뒤로 올해 25년이 되었다. 세월만 변한 것이 아니었다. 용기가 넘쳐나던 젊은 시절에 했던 번역을 주름진 얼굴로 다시 살펴보았다. 세월의 탓일까? 보이지 않던 오류, 미처 살피지 못했던 글자, 행간의 의미가 보였다. 이런 것들을 바로 잡아야겠다는 생각이 들었고 이종묵 선생의 번역본도 참고하였다.

다행이라고 해야 할까? 《양화소록》을 첫 책으로 시작한 출판사도 25년의 세월을 잘 견뎌왔고, 머리를 맞대며 함께 첫 번역서를 냈던 친구도 연구하는 길에 같이 있다. 더구나 《양화소록》에 등장하는 꽃과 나무는 여전히 주변에서 우리를 바라보며 삶의 의미를 되돌아보게 해준다. 강희안이 600년 전 꽃과 나무를 돌보며 생각했던 양생養生의 묘미는 복잡한 세상 속에서 사는 우리들에게 많은 울림을 준다.

새로 개정한 책이 강희안의 본뜻에 더 가까이 갈 수 있기를 기대한다. 이 작업을 함께한 친구, 재개정판을 허락한 눌와, 그리고 관심을 가져주신 독자 여러분, 마음속 깊이 감사드린다.

2024년 6월 푸르른 날에
서윤희·이경록 쓰다

2012년 《양화소록》 개정판에 부쳐

살다 보면 멋쩍은 일들이 있게 마련이다. 10여 년 전에 출간한 책을 약간 손질하면서 '개정판'이라고 이름을 붙이는 일도 이러한 멋쩍은 상황에 해당한다.

1999년에 출간되었던 이 책은 2쇄까지 찍은 후 곧바로 절판되었다. 이 책의 수요가 낙양의 종잇값을 끌어올릴 정도는 아니었지만, 가끔 찾는 이들이 있었던 것도 사실이다. 책을 손질해야겠다는 생각은 항상 하고 있었지만, 본격적인 개정 작업이 시작된 것은 지난 겨울부터였다.

우선 본문이나 옮긴이 주의 거친 문장들을 다시 다듬었다. 오탈자를 수정한 것은 물론이고 오류를 바로잡았으며, 지난 10여 년의 변화까지 아울러 담았다. 무엇보다 개정판에서는 요즘 추세에 맞게 판형과 디자인을 참신하게 바꾸었다. 개정판이 좀 더 많은 독자의 손길을 붙들 수 있다면 그것은 눌와의 노고 덕분이다. 개정 작업에서 반짝이는 아이디어를 내고 크게 신경을 써준 눌와에 감사드린다.

《양화소록》에 대한 해제와 기존의 옮긴이 주 작업 과정에 대해서는 초판의 '해제 및 옮긴이의 말'에 이미 들어 있다. 궁금하다고 해서 《양화소록》 초판을 도서관에서 찾을 필요는 없다. 이 책 바로 다음 쪽에 실려 있기 때문이다. 지금 한 쪽만 넘기면 된다.

2012년 10월
서윤희·이경록 쓰다

해제 및 옮긴이의 말

《양화소록養花小錄》은 조선 초기의 선비 강희안姜希顔, 1417~1465이
손수 화초를 기르면서 알게 된 꽃과 나무의 특성, 품종, 재배법을
정리한 우리나라 최초의 전문 원예서이다. 강희안은 〈고사관수도
高士觀水圖〉와 같은 단아한 그림을 그린 선비화가로만 알려져 있다.
이러한 선비화가가 화초에 관하여 쓴 책이기 때문에 더욱 귀하다
고 할 수 있다.

　강희안은 자가 경우景愚, 호가 인재仁齋로, 지돈녕부사知敦寧府事
강석덕姜碩德의 아들이다. 좌찬성左贊成을 지낸 그의 동생 강희맹姜希孟
은 《금양잡록衿陽雜錄》이라는 유명한 농서農書를 썼다. 어머니는 청
송 심씨로, 세종世宗의 부인인 소헌昭憲왕후와 자매였다. 말하자면
부친과 세종대왕이 동서 사이로, 그는 세종에게는 처조카가 되며
세종의 아들인 세조와는 이종사촌 간이었다. 강희안은 1441년세종
23 문과에 급제하여 집현전지제하集賢殿直提學, 인수부윤仁壽府尹, 호
조참의戶曹參議 등의 벼슬을 거쳤다. 정인지鄭麟趾 등과 함께 훈민정
음訓民正音 28자에 대한 해석을 붙였고, 최항崔沆 등과 함께 〈용비
어천가龍飛御天歌〉의 주석을 붙였으며, 《동국정운東國正韻》의 편찬에
도 관여하였다. 48세로 세상을 떠났을 때 세조는 그의 죽음을 안
타까워하며 관곽棺槨을 부의賻儀로 내려주었다.

그는 시와 글씨와 그림에 모두 뛰어나 삼절三絕이라 불렸으나, 자신의 흔적이 세상에 남겨지는 것을 꺼려하여 지금까지 전하는 것이 많지 않다.《양화소록》안에서도 자신이 좋아하는 대竹를 그리며 기뻐하는 강희안의 모습을 볼 수 있으며, 김수녕金壽寧은 행장行狀에서 "문장과 시문은 정수를 얻었고, 전서·예서·해서·초서에서 회화의 묘미에 이르기까지 모든 것이 당대에 독보적이었다"라고 전하였다. 서거정徐居正의《사가집四佳集》이나 성현成俔의《용재총화慵齋叢話》에서도 그가 그린 대와 산수 열두 폭,〈여인도麗人圖〉,〈경운도耕雲圖〉등을 거론하며 그림의 신묘함을 이야기하고 있으나, 모두 글로만 전할 뿐이다. 김안로金安老는《용천담적기龍泉談寂記》에서, 강희안이 작은 경치를 즐겨 그렸는데 벌레, 새, 초목, 인물 들의 자태가 화려하지 않고 붓놀림은 성글고 거친 듯한데도 저절로 생기가 나고 여운을 남긴다고 했다. 이것은 모두 그가 평소에 꽃나무를 즐겨 길렀기에, 그 본성을 잘 알고 그림에 담아낸 까닭일 것이다.〈고사관수도〉에는 마치 꽃나무를 기르다가 한가한 틈을 내어 물가에 앉아 삶을 관조하는 듯한 강희안 자신의 모습이 담겨 있는 것처럼 보이기도 한다. 그렇기에《양화소록》의 가치는 더욱더 빛난다. 복잡하고 화려한 것을 싫어하며 담백함을 즐겼던 그의 천성이《양화소록》에도 그대로 배어 있다.

〈고사관수도〉, 전(傳) 강희안　조선 15세기, 종이에 먹, 23.4×15.7cm, 국립중앙박물관 소장

《양화소록》에서 강희안은 직접 화초를 키우면서 알게 된 화초의 특성과 재배법 등을 자세하게 기록하였다. 본문은 모두 열여섯 종의 꽃과 나무 그리고 괴석에 대해 서술한 부분과 꽃을 기를 때 특별히 주의해야 할 일곱 가지 항목으로 구성되어 있다. 각 화초에 대한 옛사람들의 기록을 폭넓게 인용하고 이들의 품격을 논한 문장이나 시를 적절하게 보탠 다음 자신의 생각을 덧붙이는 방식으로 서술하고 있다. 곧 고대로부터 전해 내려온 중국의 여러 책자에 나와 있는 원예에 관한 기록을 폭넓게 참고한 다음, 실제로 그것을 익히고 다듬어 우리나라의 실정에 맞게 더욱 자세히 서술한 것이다.

요즈음 우리나라에서는 사람들의 정원은 말할 것도 없고, 산과 들에도 서양종의 꽃과 나무들이 판치는 것을 어렵지 않게 볼 수 있다. 심지어 이미 오래전부터 우리나라의 식물 자원이 해외로 빠져나가 품종이 개량된 다음에 오히려 역수입되어 들어오는 사례가 신문에 심심치 않게 보도되고 있다. 이러한 것들은 선조가 공들여 가꾼 우리나라의 꽃과 나무들을 잘 물려받아 가꾸고 키워나가지 못한 우리들의 잘못이다. 우리나라 자생의 꽃과 나무들의 성질과 재배법을 잘 알지 못하고 제대로 가꿔나가지도 못하는 상태가 계속된다면, 수천 년 동안 우리의 자연이 길러낸 식물들을 불과 100년, 200년 사이에 다 잃어버리지 않는다고 누가 장담할 수 있을까?

이러한 때에, 꾸밈없는 마음으로 꽃과 나무들을 보고 깊은 사랑으로 보살피면서 그 성질을 꼼꼼히 관찰하여 기록한 소중한 문화유산인《양화소록》은 되돌아볼 만한 가치가 충분한 책이다.《양화소록》이 갖는 책으로서의 특징은 우리나라에 전하는 전문 원예서 중에서 가장 오래된 것이라는 측면에서 찾을 수 있지만, 그 속에 담긴 진정한 가치는 꽃과 나무의 품격과 상징성을 서술하면서 자연의 이치와 천하를 다스리는 뜻을 담아냈다는 데 있다. 강희안이 특히 강조하는 것은 '양생법養生法'이다. 지각도 운동 능력도 없는 풀 한 포기의 미물이라도, 그 본성本性을 잘 살피고 본래의 방법대로 키운다면 자연스레 꽃을 피울 수 있다는 것이다. 그리고 인간이 본받을 만한 품성으로 소나무에서는 장부 같은 지조를, 국화에서는 은일隱逸한 모습을, 매화에서는 품격을, 석창포에서는 고한孤寒의 절개를, 괴석怪石에서는 화고부동한 덕을 찾고 있다. 이와 같은 덕을 지닌 꽃과 나무를 그 본성대로 길러서 언제나 눈에 담아두고 마음으로 본받을 수 있다면, 수신修身과 치국治國에 있어서도 문제가 없다는 것이 곧 강희안의 생각이다.

강희안과 우리는 600년 정도의 시간적 간격을 두고 있다. 그 시간의 간격만큼 꽃과 나무의 종류와 재배법도 바뀌었다. 하지만 그들이 가지고 있는 품격은 바뀌지 않았을 것이다. 강희안의《양화소록》을 읽다 보면 꽃과 나무의 의미가 새롭게 다가오는 이유는 무엇일까? 그것은 바로 천지의 이치를 따르는 양생의 묘미를 맛볼 수 있기 때문이 아닐까?

《양화소록》은 강희안의 동생 강희맹이 편찬한 《진산세고晉山世稿》의 일부로 수록되어 있는 짧은 글 모음이다.《양화소록》이 언제 쓰였는지는 정확히 알 수 없으나, 본문에 따르면 강희안이 1449년 己巳, 세종 31에 부지돈녕이 되어 꽃 기르기를 일삼았다고 쓰고 있으므로 이 해로부터 그의 졸년卒年인 1465년乙酉, 세조 11 사이에 쓰인 것으로 짐작할 수 있다. 그렇게 전해오던《양화소록》이 세간에 나온 것은《진산세고》의 간행에 의해서인 것으로 보인다.

《진산세고》는 강희맹이 그의 조부, 부친, 형의 글을 모은 4권의 책으로 이루어져 있다. 앞에는 신숙주申叔舟·최항·정창손鄭昌孫의 서序가 있고, 권1은 조부 강회백姜淮伯, 권2는 부친 강석덕, 권3은 형 강희안의 시문을 엮은 것이며, 권4가 바로《양화소록》이다. 1, 2, 3 각 권의 앞에는 필자의 행장이 있다. 권4 앞에는 1474년甲午, 성종 5에 쓴 강희맹의 서문이 있고,《양화소록》에는 강희안 자신이 쓴 서문이 첫머리에 있다.

《진산세고》초간본은 강희맹의 부탁을 받고 함양군수 김종직 金宗直이 1474년에 간행한 것으로 보인다. 이것을 1476년丙申, 성종 7 이후에 진주로 옮겨 다시 간행하면서, 강희맹이 〈진산세고이진목발 晋山世藁移晋牧跋〉을 쓰고 서거정의 발문을 다시 덧붙였다.

번역의 저본으로는 박영돈 소장본보물 지정본을 이용하였다.《진산 세고》는 서울대학교 규장각 소장본 등을 비롯하여 여러 판본이 있 으나, 대부분의 다른 판본에는 1471년成化 7, 성종 2 〈제인재시고후〉 에 쓴 김종직의 발문만 있고 1476년에 쓴 강희맹의 〈진산세고이진 목발〉과 서거정의 발문이 없다. 이 두 발문을 덧붙여 간행한 판본 이 박영돈 소장본인 것으로 보인다. 따라서 이 판본의 간행 연대는 1476년이거나 그 이후가 될 것이다.

그 뒤에 강희맹의 5대손인 강유후姜裕後 기 깅극싱姜克誠·상종 경姜宗慶·강진휘姜晉暉의 시문을 모으고 이경석李景奭과 정두경鄭斗卿 이 1658년戊戌, 효종 9에 쓴 서문과 허목許穆이 쓴 행장들을 넣어 속 집으로 엮은 뒤 기존의《진산세고》에 덧붙여 건乾, 곤坤 2책으로 중간重刊하였다.

이 책에서는 독자의 이해를 돕기 위해《진산세고》권3 앞에 있는 김수녕이 쓴 강희안의 행장과 권4 뒤에 있는 서거정과 최호의 〈제인재시고후〉와 김종직의《진산세고》발문을 덧붙였다.

원문에서는 식물에 대해 설명할 때 먼저 원예에 관해 수집한 전거典據들을 폭넓게 인용한 다음 강희안 자신의 견해를 본문보다 두 자 정도 들여 넣어 써서 구분하고 있으며, 인용문은 다시 백원白圜, 새로운 문단의 시작 부분에 사용하는 동그라미 부호을 사용하여 전거와 구분하고 있다.

　원문에서 인용하고 있는 저작이나 인명에 대해서는 능력이 닿는 데까지《사고전서四庫全書》등 여러 기록을 참고하여 옮긴이 주로 첨가하였고, 강희안이 전거를 충분히 밝히지 않은 채 항목만을 적어놓은 것도 손이 미치는 데까지 찾아 원전을 대조하려고 힘썼으나 미처 찾아내지 못한 부분이 많다.

　《양화소록》은 이병훈 선생에 의해 이미 번역된 바 있는데《養花小錄》, 이병훈 역, 을유문화사, 1973, 번역 원고가 정리된 후에 대조하면서 참고하였다.

　귀중한 책을 번역대본으로 빌려주고 여러 가지 참고의 말씀을 해주신 박영돈 선생님께 감사드린다. 또 김태정 선생님의 아름다운 사진과 함께 꽃나무들을 소개하게 되어 책이 더욱 풍성해졌다. 특히 김태정 선생님께서는 글로만 보아서는 잘 알 수 없는 꽃나무들의 구체적인 특성에 대해 풍부한 경험을 바탕으로 감수하고 식물을 설명하는 원고까지 써주셔서 번역이 더욱 알차질 수 있었다.

번역이란 것이 쉽지 않다는 사실은 알고 있었지만, 꽃에 대해 무지하고 자주 접해보지 못한 우리에게 이 작업은 정말 어려운 것이었다. 그러나 눌와의 "또 하나의 공부라고 생각하고 함께 잘해봅시다"라는 격려는 우리를 고무시키기에 충분했으며, 강희안의 지혜를 배워나가는 데 묘한 재미를 느끼면서 열심히 작업할 수 있었다. 이 자리를 빌려 눌와에 다시 한번 고마운 마음을 전한다. 아울러 마지막으로 이 책이 나올 수 있게 귀중한 시간을 아낌없이 내주신 하영휘 선생님께 진심으로 감사의 말씀을 드린다.

1999년 10월
서윤희·이경록

《양화소록》 서[1]

천지天地의 기운이 어우러져 만물을 만들어내니, 만물은 길러진
뒤에야 완성되며 길러지지 않으면 병들게 된다. 이 때문에 성인
이 지나침을 억제하고裁成 미흡함을 도와주는輔相 소임을 다한 것
이다. 천지만으로는 공적이 이루어지지 않으며, 조화造化만으로는
능력을 온전히 다할 수 없다. 큰 덕을 지닌 선비가 훌륭한 군주[2]를
만나 자신이 품은 뜻을 펼치면, 이로움이 그 시대에 더해지고 어
진 은혜가 만물에 미친다. 온 천하와 국가가 모두 그가 기르는 가
운데 있게 되어 마침내 천지의 위치가 정해지고 만물이 길러지니,
그 공적과 조화의 지극함은 말로써 쉽게 표현할 수 없다.

그러나 불행하게도 시대와 운명時運이 맞지 않으면 도를 마음에
담아둘 뿐 펼치지 못하며 교화는 자신의 집 안으로만 그쳐서 더
넓히지 못한다. 자신의 큰 능력을 갈무리한 채 자기 몸을 웅크려
펼치지 못하면 간혹 작은 일에 의탁함으로써 전체대용全體大用의
신묘함을 담게 된다. 이것은 선비의 불행이기는 하지만, 오히려

---

1 이 글은 《양화소록》에 포함된 것이 아니라, 《진산세고》를 편집하면서 권4 《양화소록》의
앞에 수록한 것이다.
2 원문에는 '구오九五'라고 되어 있다. 여기서 구九는 《주역周易》에서 말하는 양陽이고 오五는
괘卦 가운데 효爻의 위치로서, '구오'란 밑에서 세어 다섯 번째의 효가 양이라는 의미이다. 이
괘효는 천자의 자리, 천자의 위치를 말한다.

작은 일을 단서로 하여서 큰일의 본보기로 삼는 것이기도 하다. 동릉東陵이 오이를 잘 심은 것[3]이나 탁타橐駝가 나무를 잘 가꾼 것[4]은, 그들이 그 일을 잘 했을 뿐만 아니라 그 이치에 정통했기 때문이다.

돌아가신 형先兄 인재선생仁齋先生, 인재는 강희안의 호은 재주와 덕을 온전히 갖추어 모든 사람들이 재상이 되리라 기대했지만, 끝내 자신의 뜻을 펴지 못하였다. 그러니 은덕이 감추어진 채 베풀어지지 못하고 웅크린 몸을 펴지 못하게 된 경우이다. 그는 일찍이《청천양화소록菁川養花小錄》[5]을 지어 자신의 깊은 뜻을 담았다. 그는 이 책에서 옛 방법을 널리 모으고 자신의 견문을 참고하여, 건조하게 해야 할 것과 습하게 할 것을 구별하고 심고 가꾸는 방법을 논하면서 은연중에 세상을 다스리고 교화를 돕는 뜻을 담았으니, 마음 깊이 지극한 도道에 통달하고 세상의 이치에 정통한 사람이 아니었다면 불가능한 일이다.

---

3 중국 진秦나라에 소평召平이라는 사람이 동릉후東陵侯로 있었는데, 진나라가 멸망한 후 평민이 되었다. 가난을 이기기 위해 오이를 심었는데, 맛이 매우 달아서 사람들이 동릉과東陵瓜라고 불렀다고 한다.
4 유종원柳宗元의 〈종수곽탁타전種樹郭橐駝傳〉에 나온다. 곱사병을 앓아 낙타처럼 등이 굽었기 때문에, 사람들이 그를 곽탁타라고 불렀다. 나무를 잘 가꾸는 것으로 유명했는데, 그가 옮겨 심은 나무는 모두 살아나고 무성히 자라나 많은 열매가 열렸다고 한다.
5 앞에 '청천菁川'이라고 붙인 이유는 강희안의 고향이 청천강 근처였기 때문이다.

아아! 화훼는 식물일 뿐이어서 서로 느끼거나 대화할 수는 없다. 그래서 구부리거나 펴는 것, 바로잡거나 휘게 하는 것, 꽃을 피우게 하거나 꺾어주는 일 등은 사람의 마음대로 할 수 있지만, 이치를 거슬러서는 안 되므로 다만 그 식물의 본성에 따라 온전히 할 뿐이다. 만약 하늘이 그의 수명을 연장하여 이러한 솜씨로 세상을 다스리게 하였다면 사람들에게 끼친 어진 은혜와 이로움이 컸을 것이니, 어찌 꽃을 키우는 자그마한 일에 빗대 교화의 신묘한 재주를 다하였으랴.

공이 세상을 떠난 지 9년 후인 계사년癸巳. 성종 4(1473) 봄에 그의 정원을 찾았더니, 아무도 가꾸지 않아 잡초가 우거지고 꽃과 나무는 망가져 있었다. 여기저기 돌아보니 감정을 주체할 수 없었다. 그래서 《양화소록》유고遺稿를 찾아 《진산세고》의 뒤에 덧붙이니, 후세에 이것을 보는 사람들이 공의 덕을 알고 공의 뜻을 안타까워하여 느끼는 바가 있었으면 한다.

갑오년甲午. 성종 5(1474) 4월孟春 초순上澣
동생 진산晉山 강희맹姜希孟이 삼가 쓴다

20

양
화
소
록

양화소록

정통 기사년正統 己巳, 세종 31(1449) 8월仲秋에 나는 이부랑吏部郎[1]의
임기를 마치고 부지돈녕副知敦寧[2]에 올랐다. 돈녕은 하는 일이 없는
자리였기 때문에 조참朝參[3] 후나 부모님을 보살펴드린 뒤에는 다
른 일은 모두 제쳐두고 날마다 꽃 기르는 것을 일로 삼았다. 특이
한 꽃을 얻은 친구는 반드시 나에게 주었기 때문에 화초들을 많이
가질 수 있었다.

아침저녁으로 화초들을 보니 습기를 좋아하는 성질과 건조함
을 좋아하는 성질이 있고, 차가움을 좋아하는 성질과 따뜻함을 좋
아하는 성질이 있었다. 그래서 심고 물을 주고 햇볕을 쪼일 때 한
결같이 옛날 방법대로 하였고, 옛 법에 없는 것은 전해 들은 것을
참고하였다. 날씨가 추워져 얼음이 얼거나 눈이 내릴 때는 추위에
약한 화초를 골라서 온실土字[4]에 넣어 동상을 입지 않게 하였다.
그런 뒤에야 화초들은 제각각 싹을 틔우고 꽃을 피워서 본래의 자
태를 드러내었다. 이것은 다만 화초 각각의 본성에 따라 온전하게
하였을 뿐으로, 애초에 어떤 지식이 있었던 것은 아니었다.

아! 화초는 식물이다. 지식도 없고 움직이지도 못한다. 그러나

---

1 강희안은 1447년세종 29에 이조정랑吏曹正郎으로 임명되었다.
2 부지돈녕부사副知敦寧府事를 말한다. 돈녕부는 왕실 친척들의 친목 도모를 위해서 설치된 관
아이다.
3 모든 신하들이 한 달에 네 번씩 정전正殿에서 임금에게 문안드리고 정사를 아뢰는 일이다
4 흙으로 된 집으로, 햇볕이 들고 높고 건조한 곳을 택하여 지었다.

그들을 기르는 이치와 갈무리하는 방법을 모른 채 습한 데에 맞는 것을 건조하게 하고 추위에 맞는 것은 따뜻하게 하여 천성을 거스른다면, 반드시 시들어 말라 죽게 될 것이다. 그러면 어찌 다시 싹을 틔우고 꽃을 피워 본래의 자태를 드러내겠는가. 식물조차 그러한데 하물며 만물의 영장인 사람이 마음과 몸을 피곤하게 하여 천성을 해쳐서야 되겠는가.

　나는 그런 뒤에야 양생하는 방법을 알게 되었다. 이 방법을 확충한다면 무슨 일을 하든 안 되는 일이 없을 것이다. 그리하여 화초의 성품과 기르는 방법을 알게 될 때마다 그것을 기록하였다. 기록이 끝나자 《청천양화소록》이라는 이름을 붙였다. 이 기록을 산림에서 소일하는 밑천으로 삼고, 호사가好事家들과 함께 나누고자 한다.

　모란이나 작약과 같이 땅에 심어야 하는 꽃은 화분에 심는 꽃과는 본래 기르는 방법이 다르고, 또 이름난 품종들은 구양영숙歐陽永叔[5]과 유공보劉貢父[6] 및 왕관王觀[7]의 화보花譜에 모두 실려 있으니 내가 쓸데없이 덧붙이지 않겠다.

---

5 구양수歐陽修. 중국 송나라의 정치가이자 학자로서 문장으로 널리 알려졌다. 영숙은 자이고 호는 취옹醉翁 또는 육일거사六一居士이다. 당나라와 송나라 때 문장이 뛰어난 여덟 사람을 가리키는 당송팔대가의 하나로 꼽힌다.
6 유반劉攽. 중국 송나라 사람으로, 공보는 자이고 호는 공비선생公非先生이다. 역사학에 밝아서 사마광司馬光과 함께 《자치통감資治通鑑》을 편수했다.
7 중국 송나라 고우高郵 사람인데, 일설에는 여고如皐 사람이라고도 한다. 자는 달수達叟이고 시호는 숙肅이다. 스스로 축객逐客이라는 호를 지었다. 저서에 《양주작약보揚州芍藥譜》가 있다.

노송

老松

척박한 바위틈에 뿌리를 내리고 찬 서리를 이겨내며 씩씩하게 서 있는
영월 주천강변의 소나무

《격물론格物論》[8]에서는 "소나무 가운데 큰 것은 둘레가 몇 아름이고 높이는 십여 길丈[9]이다. 돌을 쌓은 것처럼 마디가 많고, 껍질은 매우 거칠고 두꺼워 용의 비늘과 같다. 뿌리는 굽어 있고 가지는 늘어져 있다. 사계절 푸르러 가지와 잎의 빛깔이 변하지 않는다. 봄 2~3월에 싹이 트고 꽃이 피어 열매를 맺는다. 여러 품종 가운데 잎이 세 개인 것은 고자송枯子松이고, 다섯 개인 것은 산송자송山松子松[10]이다. 송진은 쓴데, 땅속에서 천년을 묵으면 복령茯苓이 되고 또 천년을 보내면 호박琥珀이 된다. 큰 소나무는 천년이 지나면 그 정기가 청우青牛로 변하여 복귀伏龜가 된다"[11]라고 하였다.

우헌愚軒의 〈괴송요怪松謠〉[12]에서는 "누군가 너를 심은 지 얼마나 되었느냐 / 꾸불꾸불하고 뒤틀린 모습이 푸른 교룡의 자태로다 / 온통 괴이하게 주름진 비늘, 위엄스럽게 난 이빨과 수염인 듯 / 허공을 끌어당길 것처럼 꿈틀거리며 서려 있는 마른 나뭇가지"라고 하였다.

---

8 《격물론》은 송나라 사유신謝維新이 편찬한 《고금합벽사류비요古今合璧事類備要》를 말한다.

9 조선시대에 사용된 자尺는 용도에 따라 황종척黃鍾尺, 주척周尺, 조례기척造禮器尺, 포백척布帛尺, 영조척營造尺으로 나뉜다. 일반적으로 길이 측정에는 주척을 사용하였는데, 소선 전기에 주척 1자尺는 20.81센티미터 정도였다. 길이의 단위는 푼分, 치寸, 자尺, 길丈, 장引으로 십진법을 사용하여 10푼이 1치가 되고 10치가 1자, 10자가 1길, 10길이 1장이 된다.

10 고자송은 백송白松, 산송자송은 잣나무이다. 30쪽의 식물 설명 참고.

11 복령은 담자균류에 속하는 버섯 종류로 소나무의 땅속뿌리에 기생하며, 한방에서 약재로 쓴다. 호박은 지질시대地質時代에 수지樹脂가 땅속에 파묻혀서 수소, 탄소, 산소 등과 화합하여 돌처럼 굳어진 광물로, 대개 노란빛을 띠고 광택이 있어 여러 가지 장식품 등에 쓰인다. 청우는 천년 묵은 나무의 정기라고 한다. 복귀는 소나무 밑에 엎드리고 있는 신령한 거북으로, 전설에 의하면 소나무의 정기가 변하여 된 것이라고 한다. 복령, 호박, 청우, 복귀는 모두 소나무가 오래 묵을수록 귀한 것이 된다는 의미로 인용되었다.

12 〈괴송요〉는 중국 금나라 홍주弘州 사람이었던 이순보李純甫가 지은 것이다. 자는 지순之純이며, 호는 병산거사屏山居士이다. 금나라 사람이었던 원호문元好問의 《중주집中州集》에도 〈괴송요〉가 실려 있다. 그런데 강희안은 우헌의 〈괴송요〉라고 하고 있다. 우헌은 중국 금나라 정양定襄 사람인 조원趙元의 호이다. 아마도 여기서는 강희안이 작자를 잘못 적은 듯하다.

부재符載[13]의 〈식송론植松論〉에서는 "만약 숭산嵩山이나 태산泰山[14] 속에 옮겨놓아 밤이슬이 안에 서리고 해와 달의 빛이 밖을 덮으면, 상서로운 봉황이 위에 놀고 샘물은 아래로 소리 내어 흐른다. 신령스런 바람 소리가 사방에서 일어나 피리 소리를 묻어버린다. 황천黃泉에 뿌리를 내리고 청천靑天에 가지를 뻗어 명당의 기둥과 큰 집의 들보棟樑가 될 수 있으니 여러 나무 가운데 으뜸이다"라고 하였다.

육구몽陸龜蒙[15]의 〈괴송서怪松序〉에서는 "몸은 둘레가 몇 아름이나 되나 높이는 네댓 자尺가 안 되며, 겹쳐 있는 듯하기도 하고 주름져 있는 듯 보이기도 한다. 줄기는 가지로 뻗어나가지 않고, 가지는 잎으로 뻗어나가지 않아서 마치 장사가 결박된 듯한 모습이다"라고 하였다.

유유주柳柳州[16]는 최군崔羣[17]에게 보내는 편지에서 "소나무는 바위 꼭대기에 나서 천 길 높이에 고결하게 서 있다. 바른 마음과 군은 절개를 지니고 본성을 견고히 하여[18] 얼음과 서리를 막아 추운 겨울을 이겨내니, 군자는 소나무를 본받는다"라고 하였다.

---

13 중국 당나라 촉蜀 지방 사람으로 자는 후지厚之이다. 시에 능했다.

14 숭산과 태산은 모두 중국에 있는 다섯 개의 명산을 일컫는 오악五嶽에 속한다. 숭산은 하남성河南省 등봉현登封縣 북쪽에 있으며, 중악中嶽 또는 숭고嵩高라고도 한다. 태산은 산동성山東省 봉안현奉安縣에 있으며, 동악東嶽이라고도 한다.

15 중국 당나라 사람으로 자는 노망魯望이고 호는 강호산인江湖散人·천수자天隨子·보리선생甫里先生 등이다. 배를 타고 차茶를 마시고 시詩와 서書를 즐기면서 강호에서 유랑하였다.

16 유종원柳宗元. 중국 당나라 사람으로 자는 자후子厚이다. 감찰어사를 지낼 때 왕숙문王叔文의 혁신정치에 참여하였다가 영주사마永州司馬로 좌천되었다. 그 뒤 유주자사柳州刺史로 옮겼다가 죽었다. 그래서 유유주라고도 부른다. 문장이 매우 정교하고 뛰어나서 한유韓愈와 이름을 나란히 하여 한유韓柳라고 함께 불린다. 당송팔대가의 한 사람이다.

17 중국 당나라 무싱武城 사람으로 자는 돈시敦詩이다.

18 원문에는 '有正心勁節 用固其本'이라고 되어 있다. 여기서 바른 마음이란 소나무의 속을, 군은 절개는 가지를, 본성은 뿌리를 각각 의미한다고 볼 수 있다.

〈나무를 심는 법栽木法〉에서는 "소나무는 큰 뿌리를 제거하고 사방의 곁뿌리만 남겨서 심으면 언제나 비스듬하게 자란다. 반드시 춘사春社[19] 전에 흙을 둘러서 심으면 백이면 백 모두 살아날 것이다. 이때를 놓치면 결코 살지 못한다"라고 하였다.[20]

🌸 노송을 보았을 때 가지와 줄기가 구불구불하고 앙상하며, 묵은 가지와 옹이가 많으며, 날카로운 잎이 가늘고 짧으며, 가지 끝에 솔방울이 달려 있으며, 이끼萬年花가 덮인 채 바위 틈에 붙어 자라는 것이 최고이다. 성질이 까다로운지라 살지 못하는 것이 많다. 금년에 큰 뿌리를 잘라내고 흙으로 덮어두었다가 이듬해 화분에 옮겨 심으면 바로 살아난다. 언덕에서 자라는 것을 화분에 옮겨 심을 경우, 나무가 살기를 기다려 곧은 가지는 구부려 휘게 하고 긴 잎은 잘라내어 짧게 한다. 그런 뒤 시간이 흐르면 바위틈에서 자란 것과 차이가 없어진다.

---

19 입춘 후 다섯 번째 되는 무일戊日에 토신土神에게 풍년을 기원하면서 올리는 제사이다. 대개 음력 2월 무렵이다.
20 《양화소록》의 본문은 《거가필용사류전집居家必用事類全集》의 인용문을 다시 인용한 것들이 많다. 이 부분도 《거가필용사류전집》 무집戊集 죽목류竹木類 〈나무를 꺾꽂이하여 심는 법栽揷木法〉에 보인다. 《거가필용사류전집》은 갑집甲集에서 계집癸集까지 모두 10권으로 되어 있는데, 작자가 알려져 있지 않으며 다만 원나라 시대의 책이라고 추측되고 있다. 역대 명현名賢의 격언格訓과 집안 생활 경영에 관한 지식과 기술居家日用事에 대하여 기록한 책이다. 이하 본문에서도 모두 《거가필용사류전집》으로 통칭한다.

솔방울이 없는 노송은 예스러운 자태가 전혀 없으므로 가지 끝에 다른 소나무의 솔방울을 달아두어도 괜찮다. 줄기가 늙고 쭈그러진 모습이 되지 않으면 줄사철나무를 심어 덩굴이 뻗어가게 하는 것이 좋다. 사흘에 한 번 물을 주며, 그늘진 곳에 두어서는 안 된다. 장마철에는 반드시 뿌리를 덮어주어 찌는 듯이 무덥고 습하지 않게 해야 한다. 노송은 뿌리가 약하여 추위를 견디지 못하므로 혹한에는 온실에 들여놓는다. 자기와 질그릇 화분瓷瓦器을 사용한다.

국초國初, 조선 건국 초에 한 의빈儀賓[21]이 있었다. 그는 돈벌이를 좋아하지 않고 평소에 꽃나무 가꾸기를 즐겼다. 누군가가 진기한 화초를 키우고 있다는 이야기를 들으면 돈을 아끼지 않고 반드시 구입하고야 말았다. 한번은 노송 화분 하나를 얻었는데, 그 형상이 매우 특이하였다. 그는 "용이 웅크리고 호랑이가 도사린 형상이어서 태산 정상에 있는 것도 이보다 뛰어나지는 않을 것이다"라고 하면서 매우 아꼈다. 어느 날 아침 의빈을 따르는 사람이 그를 만나러 왔다. 의빈이 안에서 나오지 않자, 그는 의빈에게 아첨하여 칭찬을 들으려고 노송 화분에 다가가 차고 있던 칼로 묵은 가지와 비늘 같은 껍질을 벗겨내어 한 움큼 가득 쥔 채 꿇어앉았다. 의빈이 나와서 이를 보고 놀라 물었다. "왜 이렇게 하였는가?" 그는 아첨 섞인 웃음을

---

21 왕의 사위인 부마駙馬를 가리킨다.

띠며 고개를 들고 대답하였다. "옛것을 제거하여 새것을 자라게 하고자 하였습니다." 의빈이 웃으면서 말하였다. "'네모난 대지팡이를 깎아 둥글게 만들고 오래된 구리 병을 씻어 희게 만든다削圓方竹杖 洗白古銅甁'는 말이 바로 이것이구나." 그러고는 그를 꾸짖지 않으니 사람들이 의빈의 아량에 감복하였다.

내가 살펴보니 후세에 신하들은 재상의 반열에 오르자마자 너나없이 옛 법을 함부로 고치면서, "옛 법舊法은 폐해가 많기 때문에 새 법新法을 시행하는 것이 좋다. 어찌하여 굳이 옛 법에 얽매이겠는가?"라고 말한다. 아침저녁으로 계속 법을 바꾸면서 조금도 보존하지 않아 결과적으로 국가를 위태롭게 하였다. 이것이 의빈을 따르던 사람이 묵은 가지를 잘라낸 것과 무엇이 다른가?

노송 　소나무

학명
Pinus densiflora

과명
소나무과

생육상
늘푸른 바늘잎
큰키나무
常綠針葉喬木

원산지
한국, 중국, 일본

분포지
전국

사진
새 가지 밑에
달린 수꽃

눈, 바람, 서리를 이겨내며 우리 땅 어디에서나 늘 푸르게 잘 자라는 소나무는 우리 민족의 삶 속에 깊숙이 뿌리를 내려왔다. 소나무로 지은 집에서 소나무 장작으로 난방을 하며 살았고, 죽어서도 소나무 관에 누웠다. 송진으로는 배의 이음새를 메웠고, 흉년이나 보릿고개에는 소나무 속껍질로 허기를 달랬으며, 어두운 밤에는 관솔불로 주변을 밝혔다. 추석에는 솔잎을 깔고 송편을 쪘으며, 솔잎이나 송홧가루, 솔방울 등으로 차나 술을 빚었다. 소나무의 땅속뿌리에 기생하는 복령은 약재로 쓰였다.

소나무는 용의 비늘과 같은 껍질로 덮여 있으며, 굽지 않으면 35미터 안팎까지 자란다. 줄기의 윗부분은 적갈색 또는 흑갈색이고, 가지는 사방으로 퍼진다. 바늘 같은 소나무 잎은 두 개씩 모여 달리는데, 차츰 비틀리다가 2년 뒤에 떨어진다. 꽃은 5월 무렵에 한 나무에 암수 꽃이 대개 함께 달리는데, 수꽃은 새로 난 가지 밑부분에 달리고 암꽃은 새로 난 가지 끝에 둥글게 달린다. 열매솔방울는 그 다음 해 9월 무렵에 익는다. 적송赤松, 육송陸松, 흑송黑松, 송수松樹, 단엽적송短葉赤松, 홍정송紅頂松, 백두송白頭松, 송, 유송油松, 요송要松, 청송靑松, 솔 등으로 불러왔으며, 꽃가루는 송화분松花粉, 나무의 껍질은 송수피松樹皮, 송피松皮, 기름은 적송유赤松油, 송유松油, 송지松脂 등으로 부른다.

울진의 소광리나 태안의 안면도에 가면 잘 가꿔진 소나무숲을 볼 수 있다. 보은 속리산 입구의 소나무는 정이품의 품계를 받았고, 예천의 석송령은 토지대장까지 있는 부자 나무이다. 청도 운문사의 처진 소나무는 봄가을로 막걸리를 열두 말씩 받아 마시며 스님들의 보호를 받고, 단종의 유배를 지켜본 영월 청령포의 관음송은 높이가 30미터로 우리나라 소나무 중 가장 키가 크다.

본문에 나오는 고자송枯子松은 소나무과의 백송白松, *Pinus bungeana*을 가리킨다. 백피송白皮松, 백과송白果松, 당송唐松 등으로 불리고 바늘잎이 세 개씩 모여 달린다. 본문의 산송자송은 소나무과의 잣나무五葉松, *Pinus koraiensis*를 가리키며, 바늘잎이 다섯 개씩 모여 달린다. 홍송紅松, 백자목白子木, 과송果松, 홍괴송紅果松, 신라송新羅松 등으로 불리며, 열매의 씨잣가 약재로 쓰일 때는 송자松子, 해송자海松子라 부른다.

만년송

萬 年 松

천연기념물인 창덕궁 향나무.
향나무의 뒤틀린 줄기가 인상적이다.

만년송[22]은 층층의 가지에 푸른 잎이 실타래처럼 늘어지고, 줄기는 붉은 뱀[23]이 수풀에서 뛰어오르듯 뒤틀리고 굽어 있으면서, 맑고 강한 향기를 지닌 것이 좋은 품종이다. 잎이 희고 가시가 돋은 것은 하품下品이다.

2~3월에 좋은 품종을 골라 가지를 꺾어 다른 그릇에 꽂은 다음, 그늘진 곳에 두고 조금씩 물을 주면 살아난다. 다시 새잎이 돋아나면 드문드문 가시가 생기지만, 해묵으면 다시 늘어진 실타래처럼 된다. 사람의 손길과 뜨거움을 매우 싫어하는 습성이지만 추위에는 강하다. 겨울날 양지쪽에 옮겨 심었다가 이듬해 봄이 되면 다시 화분에 심는 것이 좋다. 계속 물을 주어야 하고, 나무 그늘에 두어서는 안 된다. 자기나 질그릇 화분을 사용한다. 금강산과 묘향산의 꼭대기에서 잘 자라며, 승려들이 채취하여 법당의 향을 만든다.

---

22 만년송은 주로 눈향나무를 지칭하는 것으로 보인다. 《본초강목》에서는 옥백玉柏이라고 되어 있는데, 오래도록 죽지 않아서 만년송이라고도 부르며 분재로 감상한다.
23 고대에는 상서로운 짐승으로 여겨졌다.

만년송 향나무

학명
Juniperus chinensis

과명
측백나무과

생육상
늘푸른 바늘잎
큰키나무
常綠針葉喬木

원산지
한국, 중국, 일본,
몽골

분포지
중부, 북부 지방의
고산지대와
울릉도

사진
용이 승천하듯이
줄기가 비틀린
창덕궁 천연기념물
향나무

향나무香木는 목재에서 좋은 냄새가 난다 하여 붙여진 이름으로, 우리나라에서 자라는 나무 중 오래 사는 종에 속한다. 최고 20여 미터까지 자라는데, 처음에는 곧게 자라다가 나이가 들면서 줄기가 붉어지고 비틀리며 굽어져 다양한 모습으로 변한다. 향나무는 잎이 두 종류이다. 처음 어린 나뭇가지에는 바늘처럼 찌르는 잎針葉이 나고, 5년 정도 자라면 따갑지 않고 부드러운 비늘잎鱗葉이 주로 난다. 4월 무렵이면 가지 끝이나 잎겨드랑이葉腋에 작은 황갈색의 꽃이 피고, 다음 해 9~10월 무렵에 열매가 익는다.

　　요즘에는 주로 관상용으로 심으며, 목재는 향이나 고급 가구를 만드는 데 쓰고, 잎과 열매는 민간에서 이뇨제利尿劑나 통경제通經劑로 쓴다. 회檜, 회백檜柏, 회수檜樹, 자백刺柏, 원백圓柏, 백목柏木, 자백紫柏, 향백송香柏松, 원송圓松, 보송寶松, 연송蓮松, 병회柄檜, 백수柏樹, 노송老松, 노송나무 등으로 부른다.

　　향나무는 궁궐이나 사찰, 사대부의 정원이나 능묘 주변에서 주로 볼 수 있다. 창덕궁 봉모당 앞뜰에 있는 향나무는 나이가 약 750살로 천연기념물이다. 받침대가 필요할 정도로 줄기가 늘어져 있는데, 19세기 초의 대형 궁궐 그림인 〈동궐도〉에서도 그 모습을 찾을 수 있다. 한편 울릉도는 향나무 자생지가 우리나라에서 비교적 잘 남아 있는 곳으로, 도동항 바위 절벽에는 향나무들이 흙 한 줌 없는 바위틈에 뿌리를 내리고서도 씩씩하게 살아간다.

　　향나무 중 고산지대의 정상에서 늘 세찬 바람을 맞아 곧게 자라지 않고 누워 자라게 된 종류는 '눈향나무누운향나무, *Juniperus chinensis* var. *sargentii*'라 구별하여 부른다. 눈향나무는 언백偃柏, 진백眞柏, 보백寶柏, 백柏, 황유黃楡, 눈상나무, 참상나무 등으로 불린다. 줄기가 낮게 기어가는 것처럼 바위에 붙어 퍼지면서 자라는데, 높이는 1미터 미만이고 매우 더디게 자란다. 옛사람들은 눈향나무에서 높은 산의 기상을 볼 수 있다 하여 분재로 가꿨으나, 구하기 힘들 때는 향나무를 그 대용으로 심기도 했다. 본문에 나오는 만년송은 향나무와 눈향나무를 두루 아울러 부른 것으로 보인다.

오반죽²⁴

鳥 斑 竹

반가의 뒤뜰에 주로 심던 오죽. 쭉쭉 뻗은 검은 줄기와
사철 푸른 잎의 조화가 싱그럽다.

진晉나라 대개지戴凱之[25]의 《죽보竹譜》에서는 "대竹라고 부르는 식물이 있다. 이것은 강하지도 않고 부드럽지도 않으며, 풀도 아니고 나무도 아니다. 작게는 속이 비었는가 찼는가에 따라 다르고, 크게는 마디와 눈이 있다는 점에서 같다. 물가의 모래땅에서도 무성하게 자라고, 바위가 많은 땅에서도 높이 솟아 자란다. 줄기가 쭉 길게 뻗어오르며, 푸르고 엄숙하다"라고 하였다.

왕휘지王徽之[26]는 집을 빌려 살았는데, 집 안에 즉시 대를 심게 하였다. 어떤 사람이 이유를 묻자, "하루라도 이 군자가 없다면 어떻게 살겠는가"라고 대답하였다. 또 휘지는 창포를 대에 비교하여 말하기를, "창포는 아홉 마디로도 귀하다고 하는데, 대는 그보다 더욱 빼어나게 우뚝 서 있다. 그러므로 창포는 대에게 정중히 절해야만 한다. 그러면 대가 어찌 절을 받지 않겠는가"라고 하였다.

《제민요술齊民要術》[27]에서는 5월 13일을 죽취일竹醉日이라 하고 《악주풍토기岳州風土記》[28]에서는 용생일龍生日이라고 하였으니, 대를 심기에 좋은 날이다.[29]

---

24 오반죽에 관한 《제민요술》, 〈대나무를 심는 법〉, 《망회록》, 《지림》, 〈죽순이 올라오게 하는 법〉이 인용은 모두 《거가필용사류전집》 무집 죽목류 〈대나무를 기르는 법治竹法〉을 새인용한 것이다. 몇 개의 글자가 다르고 빠진 문장들이 조금 있다.
25 중국 진晉나라 무창武昌 사람으로 자는 경예慶預이다.
26 중국 진晉나라의 서예가이다. 회계會稽 사람으로 자는 자유子猷이고 희지羲之의 아들이다. 대를 몹시 좋아했다고 한다.
27 중국 북위北魏의 가사협賈思勰이 쓴, 중국에서 가장 오래된 농서이다. 곡물·야채·과수를 심고 가꾸는 법, 가축 사육법, 술이나 간장 담는 법을 체계적으로 기술해놓았다. 대나무를 다룬 권5와 권10에서는 '죽취일'에 관한 표현이 없는데, 《거가필용사류전집》에서는 《제민요술》을 출전으로 표시하며 이렇게 적어놓았다.
28 《악양풍토기岳陽風土記》의 다른 이름으로, 중국 송宋나라 범치명范致明이 쓴 책이다. 군현의 연혁과 산천의 변천, 고적古跡의 존망存亡과 관련된 것들을 보다 상세히 다루고 있다.
29 음력 5월 13일에 대를 심으면 잘 번식한다고 하여 죽취일, 죽미일竹米日이라고 부른다. 일설에는 음력 8월 8일이라고도 한다. 또한 2월부터 5월까지 진일辰日에 대나무를 심는 것이 좋다고 하여 용생일이라는 말이 생겨났다고 한다.

월암月菴의 〈대나무를 심는 법種竹法〉에서는 "깊고 넓게 구덩이를 파서 말린 말똥과 고운 진흙을 섞어 한 자 높이로 메우되 여름에는 듬성듬성하게, 겨울에는 촘촘하게 한 후에 대를 심는다. 반드시 서너 개의 줄기를 한 묶음으로 해서 심고, 그루터기 위로는 흙을 더 돋우지 않는다. 만약 호미 머리로 쳐서 흙을 꾹꾹 다지면 죽순이 나지 않는다"라고 하였다.

몽계夢溪[30]의 《망회록忘懷錄》에서는 "대를 심을 때 가느다란 것은 좋지 않다. 다만 대나무 숲 밖에서 햇볕을 향하고 있는 것을 택하여 북쪽을 향해 심으면 모두 남쪽을 향한다. 아주 뜨거운 햇볕이 내리쬐거나 서풍이 불 때는 심어서는 안 된다. 다른 꽃나무도 역시 그렇다. 세상에는 '대나무는 아무 때나 심어도 좋으나, 비가 내리면 바로 옮겨 심고 묵은 흙을 많이 남겨두어야 한다. 남쪽으로 뻗은 가지를 취해야 한다'는 말이 있다"라고 하였다.

《지림志林》[31]에서는 "대에는 암수가 있는데, 암대에 죽순이 많다"라고 하였다. 암수를 구별하려면 뿌리와 가장 가까운 가지를 살펴야 한다. 그것이 쌍가지이면 암대이고 홑가지이면 수대이다.

〈죽순이 올라오게 하는 법引筍法〉에서는 "울타리 너머 담 아래에 살쾡이나 고양이를 묻어두면 다음 해에는 죽순이 나온다"라고 설명하였다.

---

30 심괄沈括. 중국 송나라 사람으로 자는 존중存中이고 호는 몽계옹夢溪翁이다. 몽계는 심괄의 고택이 있던 곳으로, 강소성江蘇省 단양현丹陽縣에 속한다.
31 《동파지림東坡志林》의 약칭이다. 중국 송나라의 소식蘇軾이 저술한 것으로 후대에 편집하여 《통림수택東林手澤》이라고 제목을 붙였는데, 나중에 소식의 문집을 간행하면서 《동파지림》으로 제목을 다시 바꾸었다. 역사와 문학 등 다양한 문제에 대한 자신의 생각을 기록하였다. 원문의 표현은 《동파지림》 권9에 보인다.

✿ 대의 품종은 아주 많아 다 기록할 수가 없다. 한양의 추운 날씨에도 살아 있는 것은 오직 오반죽뿐이다. 반죽은 한 해가 지나면 까맣게 변한다. 5~6월 장맛비가 내리면, 줄기가 곧고 잎이 짧으며 가지가 촘촘한 새 대를 골라서 화분에 심는다. 가로로 뻗은 뿌리를 각각 몇 마디가 연결된 채로 자르되, 연결된 줄기가 움직이지 않도록 해야 한다. 만약 조금이라도 움직이면 잎이 말려서 펴지지 않아 결국 말라 죽을 것이다. 오래되어 뿌리가 뻗어나가고 죽순이 많이 나오면 화분이 좁아서 담을 수 없으므로, 반드시 햇볕 드는 곳에 옮겨 심어야 한다. 처음 화분에 옮겨 심고 나서는 햇볕을 직접 쪼이지 말아야 한다. 안에 들어서는 너무 덥게 하거나 얼게 해서는 안 되며, 마르지 않도록 물을 주어야 한다. 자기나 질그릇 화분을 사용한다.

나는 어릴 때부터 천성이 대를 매우 좋아하여, 항상 서너 화분에 직접 심어 옆에 두고 감상하였다. 흰 종이를 얻게 되면 한두 가지를 그려 뜻을 드러내었다. 임신년壬申, 문종 2(1452) 2월仲春에 왕명을 받들어 영남으로 가다가 신령현新寧縣, 오늘날의 경북 영천시 신령면에 이르렀을 때, 처음으로 동헌 앞의 키 큰 대를 보았다. 수많은 대가 어울려 함께 묶여 있는 듯하였고, 안개 덮인 가지가 달빛 아래 아름답게 춤추는 것이 기원淇園[32]의 풍취가 있는 듯하였다. 이날 지녁, 현감이 나에게 소촐한 술자리를 베풀어주었다. 술잔이 오고 가는 사이에 나는 즐거운 표정으로 동헌 앞에 눈길을 주고 있었다. 이상하게 여긴 현감이 "오늘 무슨 일로 그렇게 기뻐하십니까? 그리고 동헌 앞에 무슨 감상하실 만한 물건이 있습니까?"라고 물었다.

---

32 중국 황하의 지류인 기수淇水 가까이 있는 동산으로 대나무의 명산지이다. 그래서 대나무의 별칭을 기원장淇園長이라고도 한다.

나는 대답하였다. "옛날 소선蘇仙[33]이 〈제녹균헌題綠筠軒〉에서 '만약 이 군자대나무를 마주한 데다 마음껏 술을 마신다면 세간에 어찌 양주학楊州鶴이 있겠는가'라고 하였습니다.[34] 오늘 밤이 어떤 밤입니까, 대나무를 마주하고 있는 데다 이렇게 성대한 연회가 있으니 어찌 기쁘지 않겠습니까?" 그리고 함께 크게 웃으며 자리를 마쳤다.

　　나는 고향에 들러 어른들을 찾아뵙고 여사촌餘沙村에 이르렀다. 이 마을에서는 대를 쑥처럼 천하게 여겨 울타리나 자리를 모두 대를 써서 만들었다. 정자나 동산 언저리에는 신령현에 있는 대나무 같은 것이 부지기수였다. 지난날 대를 화분에 심어 감상하던 것은 다만 아이들의 장난일 뿐이었다. 바쁘게 한양으로 돌아와서는 이내 대를 화분에 심으려는 뜻이 없어졌고, 또한 그리지도 않았다. 꿈속에서 나의 혼은 마음껏 향촌 사이를 유람하였다. 아! 사람의 마음이 큰 것을 좋아하고 작은 것을 싫어하는 것이 이와 같다고 말할 만하다.

33　소식蘇軾. 중국 북송北宋대의 문인으로 당송팔대가의 한 사람이다. 순洵의 아들이며, 철轍의 형으로 대소大蘇라 불린다. 자는 자첨子瞻이고 호는 동파거사東坡居士·철관도인鐵冠道人·정상재靜常齋·설랑재雪浪齋이다. 시詩에 있어 송대宋代 제일로 손꼽힌다.

34　소식은 〈어잠승녹균헌시於潛僧綠筠軒詩〉에서 "고기가 없어도 밥을 먹을 수 있으나, 대나무가 없으면 살아갈 수가 없다. 고기가 없으면 사람이 수척해지지만, 대나무가 없으면 사람이 속되어진다. 수척해지면 살찌울 수 있으나, 선비가 속되면 고칠 수가 없다"라고 했다. 옆에 있던 사람들이 이 말을 듣고는 고상한 듯하려는 것이 오히려 어리석어 보인다고 비웃었다. 그는 "만약 이 군자대나무를 마주한 데다 마음껏 술을 마신다면 세간에 어찌 양주학이 있겠는가可使食無肉 不可使居無竹 無肉令人瘦 無竹令人俗 人瘦尚可肥 俗士不可醫 傍人笑此言 似高還似癡 若對此君仍大嚼 世間那有揚州鶴"라고 읊었다. 양주학이란 한꺼번에 많은 욕망을 채우려는 사람의 욕심을 비유한 것이다. 옛날에 사람들이 모여서 자신의 뜻을 이야기하였는데, 한 사람은 양주자사揚州刺史가 되고 싶다고 했고, 한 사람은 재물을 많이 가지고 싶다고 했고, 또 한 사람은 학을 타고 하늘로 오르고 싶다고 했다. 그런데 다른 한 사람이 이 세 사람의 희망을 다 모아서 허리에 10만 관을 찬 채 학을 타고 날아가 양주자사가 되고 싶다고 하였다. 양주楊州와 양주揚州 모두 통용된다.

오반죽 오죽

학명
Phyllostachys nigra

과명
벼과

생육상
여러해살이
식물多年生植物

원산지
중국

분포지
중부 이남

사진
줄기에
검은 반점이 있는
오반죽

대나무는 풀인지 나무인지 학계에서조차 이견이 분분한데, 사람들은 대'나무' 라고 불러왔다. 예로부터 매화, 난초, 국화와 더불어 사군자의 하나로 군자의 곧은 절개를 상징했으며, 관상용으로 기르거나 서화 또는 공예품을 장식하는 문양으로 사용했다. 어린순인 죽순은 식용으로, 줄기는 가늘게 쪼개어 채반이나 광주리 등 그릇을 엮거나 죽부인, 평상, 대자리를 만드는 데 썼다. 울타리나 옷걸이, 담뱃대, 지팡이, 작물을 가꿀 때 쓰는 버팀목 등으로도 사용했다.

큰키나무喬木 못지않게 크고 굵게 자라는 왕대王竹부터 가늘고 허리 높이 아래로 자라는 조릿대까지 종류가 다양하다. 우리나라에서 볼 수 있는 대나무는 이외에도 죽순대, 솜대, 오죽, 반죽, 해장죽, 신이대, 섬조릿대, 제주조릿대, 갓대, 이대 등이다. 꽃은 매우 드물게 5~7월 무렵에 피기도 하는데, 그 개화 주기는 대나무 종류마다 5년, 60년, 120년 등으로 다양하다.

대나무 숲은 하동의 섬진강가나 울산 태화강가처럼 따뜻한 남부 지방이나 바다에 잇닿아 있는 중부 지방에서 볼 수 있다. 예로부터 대나무 산지로 유명한 담양에는 대나무박물관이 있고 축제 때 죽물장竹物場이 열린다.

오죽烏竹은 줄기가 검은 대나무로, 자죽紫竹, 흑죽黑竹, 수죽자水竹子, 분죽盆竹 등으로 불린다. 높이 3~6미터, 지름 2~4센티미터이며 새 줄기는 연한 녹색을 띠고 잔털과 흰 가루白粉로 덮여 있는데, 검은 반점이 나타나 점점 늘어나다가 1~2년이 지나면 자흑색紫黑色으로 변한다. 이이李珥가 태어난 강릉의 오죽헌은 뒤뜰에 오죽이 자라고 있어 붙여진 이름이다. 본문에 나오는 오반죽은 줄기에 반점이 있을 때의 오죽을 가리킨다.

국화

菊花

가을날이면 노란 꽃을 피우는, 국화과의 감국

범석호范石湖[35]는 《국보菊譜》 서문에서 "자연에 묻혀 사는 호사가들은 국화를 군자에 비견하곤 한다. 그들의 설명에 따르면, 계절이 바뀌어 초목이 시들게 될 때 홀로 찬란하게 피어나 바람과 이슬을 거만하게 흘겨보고 산인山人과 일사逸士의 절개에 견줄 만하다. 적막하고 매우 춥더라도 도道를 즐기는 넉넉함은 그 즐거움을 바꾸지 않는다. 《신농서神農書》[36]에 의하면 '국화는 본성을 기르는 데 좋은 약으로, 수명을 늘리고 몸을 가볍게 한다'라고 하였다.[37] 남양南陽 사람들은 담수潭水를 마시므로 누구나 100세까지 산다"라고 하였다. 또 "사람들이 모란을 화왕花王이라고만 부르고 모란이라고는 하지 않는 것처럼, 애호가들은 국화를 황화黃花라고만 부른다. 모두 국화를 진기하게 여긴 것이다"라고 하였다.

종회鍾會[38]는 국화의 다섯 가지 아름다움으로 부賦를 지었다. "둥근 꽃봉오리가 높이 맺혀 있는 것은 모든 것의 중심天極[39]을 본뜬 것이며 / 다른 색과 섞이지 않은 순수한 황색은 대지大地의 색이다 / 일찍 심었어도 늦게 피어나는 것은 군자의 덕德이며 / 서리를 무릅쓰고 꽃을 피우는 것은 강직함을 상징한다 / 잔 안에 가볍게 떠 있는 꽃잎은 신선의 먹을거리이다." 그가 국화를 존중함이 이와 같았다.

---

35 범성대范成大. 중국 송나라 사람으로 자는 치능致能이고 호는 석호거사石湖居士이다. 문명文名이 있었고 시를 잘 지었다. 저서에 《범촌국보范村菊譜》, 《범촌매보范村梅譜》가 있다.

36 중국의 의약서인 《신농본초경神農本草經》을 약칭하여 부르는 이름이다. 중국 고대 삼황三皇 가운데 하나인 신농씨神農氏가 지은 것으로 전해지지만, 책에 실려 있는 지명 중에 후한後漢 대의 것이 많은 것으로 보아 한대漢代에 쓰인 것으로 추측하고 있다.

37 《신농본초경》 권6에서 "국화를…… 오래 복용하면 혈기가 좋아지고 몸이 가벼워지며 늙지 않고 장수하게 된다菊花……久服利血氣輕身耐老延年"라고 하였다.

38 중국 삼국시대 위나라 영천潁川 사람으로 자는 사계士季이다. 글씨를 잘 썼다.

39 남극과 북극으로 하늘의 중심을 의미한다.

당唐나라 때 태화선생太和先生 왕민王旻[40]이 쓴 《산거록山居錄》
에서는 "자줏빛 줄기와 황색 꽃이 서로 엉켜 있는 것이 진짜 감국
甘菊이며, 나머지는 쑥蒿일 뿐이다. 쑥의 맛은 쓰지만 국화의 맛은
달다"라고 하였다.[41]

사정지史正志[42]의 《국보菊譜》에서는 "국화가 피어날 때의 빛깔
은 황색과 흰색인데, 그 농도는 서로 다르다. 꽃에는 떨어지는 것
과 그렇지 않은 것이 있는데, 대체로 꽃잎이 촘촘히 붙어 있는 꽃
은 떨어지지 않는다. 활짝 핀 후에 옅은 황색 꽃은 점차 흰색으로
변하며, 흰색 꽃은 점차 붉게 변하여 가지 위에서 시든다. 꽃잎이
성글게 붙어 있는 꽃은 대부분 떨어진다. 활짝 핀 후에 점차 꽃이
벌어지다가 비바람을 만나서 흔들리면 우수수 흩어져 땅을 가득
채운다.

《이아爾雅》에 의하면 국화를 지장治蘠이라고도 하며[43] 일정日精,
주영周盈, 전연년傳延年이라고도 한다. 맛이 좋은 자줏빛 줄기를 복
용하면 장수한다.

---

40 중국 당나라 사람으로 태화선생은 호이다. 형산衡山에 살았으며 불교에 침잠하였다. 현종
玄宗이 도술道術에 대하여 묻자 수신修身·검약儉約·자비慈悲라고 대답하였다고 한다.

41 《거가필용사류전집》무집 종예류種藝類 〈산거총론山居總論〉에 보인다.

42 중국 송나라 강도江都 사람으로, 자는 지도志道이며 호는 오문노포吳門老圃이다. 《사씨국보
史氏菊譜》를 지었다.

43 《이아》는 동양에서 가장 오래된 사전辭典이다. 이爾는 가깝다迩는 뜻이고 아雅는 바르다正
는 뜻으로, 글자의 바른 뜻에 가깝게 한다는 의미를 담고 있다.《이아》석초釋草 13에 의하면
"국화는 치장을 가리킨다菊治蘠"라고 하여 지菭 대신 치治로 되어 있다. 지菭는 태苔와 같은 글
자이나, 국화라는 의미로 읽을 때는 음이 '지'가 된다.

《본초本草》[44]에서는 "(국화는) 절화節華라고도 하고 여절女節, 여화女華, 여경女莖, 갱생更生, 음성陰成이라고도 한다"라고 하였다.

〈꽃을 접붙이는 법接花法〉에서는 "황색과 흰색 국화의 한쪽 껍질을 각각 벗기고 삼 껍질로 벗긴 부분을 묶어두면, 노란색과 흰색 꽃이 반씩 섞여 핀다"라고 하였다.

〈꽃나무가 싫어하는 것花木宜忌〉에서는 "국화 뿌리는 물을 매우 싫어하므로, 물을 직접 주어서는 안 된다. 뿌리 곁에 물 한 잔을 두고 종이 한 장을 길게 잘라 적신 다음, 한쪽은 뿌리와 줄기를 종이로 감고 다른 한쪽은 잔 속에 놓아두면 자연스레 물을 빨아올린다"라고 하였다.

❋ 국화를 재배할 때 묵은 포기를 심어서는 안 된다. 반드시 5월 중에 비가 내릴 때 반 자약 10센티미터가량 구덩이를 파서 먼저 거름을 넣고 모래를 섞은 흙을 채운 다음 구덩이마다 한 줄기씩 나누어 심는다. 줄기가 약하면 갈대 줄기를 이용해 지탱해주고, 줄기가 크고 번성하면 뾰족한 해장죽海竹을 이용해 지탱해준다. 가지가 하나로 길게 자라면 가지의 끝을 잘라주어 갈라지게 한다. 또 잡색雜色 국화는 모아서 한 화분에 같이 재배하며, 화분이 작을 경우에는 같은 색끼리 심는다. 뿌리를

---

44 《본초》는 《증류본초證類本草》의 약칭이다. 《증류본초》는 중국 송나라의 당신미唐慎微가 지은 본초학 관련 저작으로, 이전부터 통용되던 의서醫書를 수합하여 항목별로 다시 정리한 다음 그림과 함께 자신의 견해를 덧붙였다. 이 글은 《증류본초》 권6 〈국화菊花〉에 있다.

내린 후에는 거름으로 북돋아주면 저절로 무성하게 자란다. 그러나 지나치게 햇볕을 받으면 잎이 황적색으로 변하고, 지나치게 비를 맞으면 검게 시드니 반드시 조심해야 한다. 잡색 국화의 가지를 꺾어 다른 화분에 촘촘히 꽂아 그늘이 많이 진 곳에 두고 조금씩 물을 주면 금방 살아난다. 비단같이 알록달록하게 꽃이 피면 책상 위에 두고 감상할 만하다.

감국 외에는 모두 얼어 죽기 쉬우니, 혹한이 닥치면 반드시 뿌리를 거두어 온실에 두어야 한다. 온실이 너무 따뜻하면 돋아난 움이 연약해져 시들거나 꺾이기 쉬우니, 지나치게 덥게 해서는 안 된다. 땅에 심을 때는 습기가 없는 땅을 골라야만 한다. 질그릇 화분瓦器을 사용하고, 꽃이 피면 자기 화분瓷盆에 옮겨 심어도 좋다.

---

45 중국 송나라의 팽성彭城 사람으로, 《유씨국보劉氏菊譜》를 지었다. 서문에 의하면 송나라 휘종 3년1104에 용문龍門에 있는 유원손劉元孫을 방문하여 토론한 다음에 이 책을 썼다고 한다. 국화 명품을 산지産地에 따라 서른다섯 가지로 나눈 다음, 그 종류와 형태 및 색깔을 서술하고 평가하였다.

46 범치능范致能으로 보인다. 범치능은 범성대와 동일 인물로서 앞의 주 35를 참고할 것.

47 동서남북의 사방四方에 중앙이 더해져서 오방五方이 된다. 청황적백흑青黃赤白黑의 오색 가운데 황색이 중앙에 해당하여 국화의 황색과 일치한다.

48 충숙왕은 고려 제27대 왕으로서 충선왕 5년1313에 아버지 충선왕의 양위를 받아 즉위하였으나, 원나라가 고려의 내징을 간섭하던 시기에 고려의 왕자들은 원나라의 수도 연경에서 볼모로 생활하였으며, 원나라 왕가의 딸들과 정략결혼을 하였다. 충숙왕은 즉위 3년1316에 원나라에 가서 8월에 역련진팔라공주亦憐眞八刺公主와 혼인하고 10월에 함께 귀국하였다.

내가 국화에 대한 여러 기록을 살펴보니 명품名品이 매우 많았다. 유몽劉蒙[45]이 기록한 국화는 잡다한 품종까지 포함하여 서른다섯 품종이었고, 범지능范至能[46] 역시 서른다섯 품종을 기록하였다. 사정지는 잡다한 품종까지 포함하여 모두 스물여덟 품종을 기록하였다. 그러나 우리나라의 국화는 겨우 스무 가지로, 품종이 서로 맞지 않아 끝내 구별할 수가 없었다. 옛사람이 말하기를 "국화의 빛깔은 오색 가운데 가장 귀하며,[47] 모든 꽃이 시든 다음에도 홀로 존귀하게 피어 있다"라고 하였다. 대체로 국화는 황색이 으뜸이니 다른 빛깔의 국화는 굳이 심지 않더라도 괜찮다.

우리나라의 이름난 꽃은 모두 우리나라에서 난 것이 아니다. 고려 충숙왕忠肅王[48]은 원元나라에 볼모로 가서 공주와 혼인하고 황제의 총애를 받았는데, 고려로 귀국할 때 황제가 천하의 진귀한 화훼를 하사하였다. 지금의 오홍烏紅·연경황燕京黃·연경백燕京白·규심閨深·금은양홍錦銀兩紅·학정홍鶴頂紅·소설오笑雪烏와 같은 국화, 황백모란黃白牧丹·정홍모란䋆紅牧丹, 낙양홍洛陽紅, 중엽산다重葉山茶, 중엽매重葉梅, 벽도碧桃·분도粉桃·비도緋桃, 서향瑞香이나 청흑포도靑黑葡萄 등은 모두 당시 중국에서 건너온 것이다. 애호가들이 지금까지 보호하여 아껴왔으므로 그 품종을 잃지 않았지만, 그 밖의 화훼는 전해오지 않는다.

정렬공貞烈公 최영상崔領相[49]은 남북으로 오랑캐를 정벌하여 뛰어난 업적이 당대에 가장 높았지만, 성품이 자랑을 좋아하지 않아 소박함과 청렴함으로 스스로를 지켰다. 그는 한양 남쪽에 집을 짓고, 시냇물을 끌어들여 네모난 연못을 파고 주위에 여러 종류의 꽃들을 많이 심고 머물렀다. 나는 사람들을 만나 꽃을 기르는 것에 관한 옛이야기를 말할 때마다 최영상에 대한 이야기를 해주었다. 그와 같은 마을에서 살았을 뿐만 아니라 그의 여러 자제와도 교분이 있는 터여서 이 같은 이야기를 들을 수 있었으므로 여기에 함께 기록한다.

---

49 최윤덕崔潤德. 1376~1445. 조선 초기의 무신武臣으로, 자는 여화汝和·백수伯修이고 호는 임곡霖谷이며 시호는 정렬貞烈로서 본관은 통천通川이다. 세종 1년1419에 삼군도통사三軍都統使가 되어 이종무李從茂와 함께 대마도를 정벌하였고, 그 후 평안도 도절제사平安道都節制使, 평안도 도안무찰리사平安道都安撫察理使 등이 되어 북쪽 변방을 안정시키는 데 크게 기여하였다.

국화

학명
*Chrysanthemum
morifolium*

과명
국화과

생육상
여러해살이풀
多年生草本

원산지
중국

분포지
전국

사진
군자의
덕을 상징하는
국화꽃

온갖 꽃이 다투어 피는 봄, 여름을 마다하고 찬바람 불고 서리 내리는 늦가을에 고고히 피어나는 국화는 예로부터 군자의 덕을 상징하며 매화, 난초, 대나무와 더불어 사군자의 하나로 사랑받아왔다.

국화는 관상용으로 주로 재배하는데, 오랜 세월에 걸쳐 개량되면서 많은 품종이 생겨났고 지금도 계속 새로운 품종이 만들어지고 있다. 국화 자체도 약 1,500년 전 구절초와 감국을 교배한 것이라고 한다. 대개 높이 1미터 안팎으로 자라며, 자연적으로 꽃 피는 시기는 가을이지만 요즘에는 쓰임새에 따라 온실에서 개화 시기를 조절하기 때문에 1년 내내 볼 수 있다. 꽃의 크기에 따라서 크게는 지름이 18센티미터보다 큰 것을 대륜大輪, 9센티미터 정도인 것을 중륜中輪, 그보다 작은 것을 소륜小輪으로 나누고, 꽃잎의 형태에 따라서는 후물厚物, 관물管物, 광물廣物로 나누기도 한다.

본문에 언급된 감국甘菊, *Chrysanthemum indicum*은 전국의 산과 들에 자라는 국화과의 꽃으로 여러해살이풀이며 높이는 30~60센티미터 정도이다. 가지가 많이 갈라지고 잎의 뒷면이나 줄기에 흰 털이 많으며, 꽃이 필 무렵에는 옆으로 비스듬히 누워서 핀다. 9~11월 무렵에 지름 2.5센티미터 정도의 꽃이 원줄기와 가지 끝에 우산 모양으로 많이 달린다. 야국野菊, 감국화甘菊花, 산황국山黃菊, 정국화正菊花, 황국黃菊, 야황국野黃菊, 야황국화野黃菊花, 황국화黃菊花, 구월국九月菊, 산구월국山九月菊, 산국화山菊花, 노변국路邊菊, 황화黃花, 국화, 가을 국화, 들국화라 불렀고, 한방에서는 고의苦薏라 부르며 약용으로 쓰거나 달여서 차로 마신다. 감국과 비슷한 것으로 산국山菊, *Chrysanthemum boreale*이 있는데, 꽃의 지름이 1.5센티미터 정도로 감국에 비해 작지만 쓰임새는 같다.

매화

梅花

강희안의 조부 강회백이 지리산 단속사 터에 심은 정당매.
600년 넘게 오랜 세월의 풍상을 의연하게 견뎌왔으나 고사하고
지금은 후계목이 자라고 있다.

범석호는 《매보梅譜》 서문에서 "매화는 천하의 뛰어난 물건尤物이다. 이에 대해 지혜롭거나 어리석거나 현명하거나 불초함을 막론하고 다른 의견을 내는 사람은 없다. 원예를 공부하는 선비는 반드시 먼저 매화를 심는데, 그 양이 많더라도 싫어하지 않는다"라고 하였다.

또한 "매화는 빼어난 운치와 높은 격조가 있다. 그러므로 비스듬히 기울면서 성기고 여윈 것과 늙은 가지가 기이하게 생긴 것을 귀하게 여겼다. 새로 접붙인 어린나무는 한 해 만에 연약한 가지가 돋아나 도미酴醾[50]나 장미처럼 위로 서너 자 정도 곧게 뻗어 올라가는데, 오하吳下, 중국 소주 지방에서는 이를 기조氣條라고 한다. 이 매화는 다만 그 열매를 거두어 이익을 꾀하는 데나 적당할 뿐이지, 운치와 격조를 평가할 만한 품종은 아니다. 또 거름을 뿌려 지력이 좋은 곳에서 자라는 품종이 있다. 줄기에서 비스듬히 짧은 곁가지가 나오는 모양이 마치 가시나 바늘과 같다. 이런 매화는 꽃이 다닥다닥 붙어서 피는데, 역시 고급 품종이 아니다"라고도 하였다.

---

50 도미라는 술과 색깔이 비슷하여 붙은 이름으로, 덩굴성 작은키나무灌木의 일종이다.

《매보》에서 말하기를, "강매江梅의 씨가 심거나 접붙여지지 않은 채 들판에 떨어져 자란 것을 직각매直脚梅라고도 한다. 조매早梅는 동지 전에 이미 꽃을 피우기 때문에 일찍 꽃이 피는 매화란 명칭을 얻었으나, 꼭 풍토에 맞는 것은 아니다. 소매消梅는 열매가 둥글고 작으며 수북하고 연하다. 즙이 많고 찌꺼기는 없다. 즙이 많으면 건조한 날씨를 견디지 못하나, 푸른 열매는 먹을 만하다.

고매古梅는 가지가 갖가지 모습으로 굽어 있고, 푸른 이끼와 비늘 같은 주름이 몸을 감싼다. 또 이끼가 가지 사이에 수염처럼 몇 치 길이로 늘어져 있다. 바람이 불면 마치 푸른 실이 너울거리는 것 같아 감상할 만하다. 중엽매重葉梅는 꽃봉오리가 매우 풍성하고 꽃잎이 여러 겹으로 층층이 나 있어 꽃이 피면 소백련小白蓮과 비슷하며, 열매를 쌍으로 맺는 것이 많다. 또 녹악매綠萼梅라는 것도 있다. 모든 매화의 꽃받침은 붉은 자주색인데 반해 녹악매만 순수한 녹색이고, 가지와 줄기도 청색이다. 백엽상매百葉緗梅는 천엽향매千葉香梅라고도 하는데, 꽃이 작고 촘촘하다.

홍매紅梅는 분홍색으로, 모양은 매화이나 무성한 것은 살구나무와 같다. 향기도 살구나무와 비슷하다. 원앙매鴛鴦梅는 다엽홍매多葉紅梅이다. 보통 열매를 두 개 맺으려면 꽃받침 두 개가 필요한데, 원앙매만은 꽃받침 하나에 열매 두 개가 달린다. 행매杏梅는 꽃의 빛깔이 홍매에 비해 조금 옅다. 열매는 매우 납작하고 얼룩덜룩하다. 살구와 맛이 매우 비슷하다.

납매蠟梅는 본래 매화와 다른 품종인데, 매화와 같은 시기에 꽃이 피고 향기도 비슷하다. 밀비蜜脾, 벌집와 매우 비슷하기 때문에 납매라고 했다"라고 하였다.

〈꽃을 접붙이는 법〉에서는 "고련苦練나무[51]에 매화를 접붙이면 묵매墨梅와 같은 꽃이 핀다"라고 하였다.

✳ 한양에서 심거나 접붙이는 것은 모두 천엽홍백매千葉紅白梅이다. 열매를 쌍으로 맺는 것이 많은데,《매보》에서 말한 중엽매와 원앙매이다. 영남과 호남에서 심는 것은 대부분 단엽백매單葉白梅인데, 열매가 쌍으로 맺진 않지만 맑은 향기가 다른 매화에 뒤지지 않는다.

매화를 접붙일 때는 먼저 화분에 심은 복숭아나무복사나무를 매화나무에 걸어두고 복숭아나무와 매화나무의 겉껍질을 벗겨내 합친 다음, 싱싱한 칡넝쿨을 이용하여 단단하게 둘러 묶는다. 기가 통하여 달라붙기를 기다려 원래의 매화를 떼어낸다. 이것을 세상에서는 의접倚接이라고 한다.

---

51 멀구슬나무. 뿌리껍질根皮과 열매는 약재로 쓴다. 열매가 익으면 황색이 되는데, 마치 금구슬 모양 같아서 금령자金鈴子라고도 한다. 련楝은 련柬과 같다.

화분을 반쯤 볕이 들고 반쯤 그늘진 곳에 두고 물을 자주 주며, 가지 끝을 서로 묶어 비스듬히 기울어진 늙은 매화의 형태로 만든다. 꽃봉오리가 가지에 맺히면 따뜻한 방에 들여서 가지와 뿌리에 따뜻한 물을 자주 뿜어준다. 옆에 난로를 피워 찬 기운을 막아주면, 동지 전에 꽃이 피어 맑은 향기가 방 안에 가득해지니 따로 향을 피울 필요가 없다. 만약 나무가 늙어서 가지가 나오지 않거나 가지에 꽃봉오리가 맺히지 않으면, 햇볕이 드는 곳에 옮겨 심고 뿌리가 가는 대로 놔두면 곧 큰 나무가 된다. 화분에 심은 매화는 꽃이 시든 이후에 한기寒氣가 닿지 않도록 온실에 넣어놓으면 열매를 맺을 수 있다. 만약 한기에 닿으면 열매를 맺지 못할 뿐만 아니라 가지도 말라 죽는다. 질그릇 화분을 사용하고, 물을 주어서 마르지 않게 한다. 고매를 만들려고 하면 반드시 단엽매單葉梅를 접붙여야 한다.

우리 선조 통정通亭[52]께서 어릴 때 지리산 단속사斷俗寺[53]에서 책을 읽었다. 그때 절 마당 앞에 손수 매화 한 그루를 심어놓고는 시를 한 수 지었다. "천지의 기운이 돌아가고 또 오니 / 하늘의 뜻을 납전매臘前梅, 세한에 피는 매화에서 보는구나 / 바로 큰 솥에서 국맛을 내는 열매가 / 하염없이 산속에서 피었다가 떨어지네"[54]라는 시였다. 공은 과거에 합격한 뒤에 여러 관직을 거쳐서 정당문학政堂文學[55]에 이르렀다. 조정에 있을 때 옳고 그름을 분간하여 바로잡고 조화로써 서로 돕고 구제한 일이 매우 많아, 당시 사람들이 그를 두고 시참詩讖[56]이라 하였다. 단속사의 스님은 공의 덕과 재주를 사랑하며 깨끗하고 높은 인격을 흠모하여 끝까지 잊지 않았다. 곧 그 매화를 대할 때 마치 공을 보는 듯이 여겨, 매년 뿌리에 흙을 북돋아주고 매화의 품성에 따라 재배하였다. 그래서 지금까지도 계속 전해져 '정당매政堂梅'라고 불린다. 가지와 줄기가 굽어져 온갖 모양을 이루고 푸른 이끼가 감싸고 있으니, 《매보》에서 말하는 고매와 차이가 없다. 진정 영남의 고물古物 가운데 하나이다. 그로부터 왕의 명령을 받들어 영남으로 가는 사대부는 이 고을에 이르면 모두 절을 찾아 매화를 둘러보고서 운을 빌려 시를 지어 처마 밑門楣에 걸어두었다.

---

52 강회백姜淮伯. 1357~1402. 강희안의 조부이다. 고려 말기 문신으로 자는 백보伯父이고 통정은 호이다. 문과에 급제하여 이조판서, 정당문학 등을 지냈다.

53 경상남도 산청군 단성면 지리산 동쪽에 있던 절의 이름. 신라 경덕왕 7년748에 대나마大奈麻 이순李純이 창건하였다고도 하고 경덕왕 22년763에 신충信忠이 창건하였다고도 하는데, 조선 선조 때 폐찰되었다. 현재 절터에는 통일신라시대 때 만든 동서 삼층 쌍탑을 비롯하여 당간지주와 건물의 기단 등이 곳곳에 남아 있다. 그리고 이 글에 나오는 정당매가 의연하게 살아서 제자리를 지키고 있다.

54 이 시를 감상하기 위해서는 먼저 국과 매화의 관계를 이해해야 한다. 맛있는 국을 끓이기 위해서는 재료의 조화를 맞추어야 하며 끓이는 자의 조화력이 필요하다. 그래서 국을 끓이는 것을 정치에 비유하기도 하고, 아예 정치를 하는 재상에 비유하기도 한다. 수많은 사람들의 갈등을 조정해야 하는 정치에는 국을 끓일 때와 마찬가지로 조화와 균형의 감각이 필요하기 때문이다. 중국에서는 맛있는 국을 끓이는 데 소금과 매실을 사용했다. 예를 들면 《서경書經》에서는 "국을 끓이려느냐, 너는 오직 소금과 매실을 잘 써라"라고 하며, 짠맛의 소금과 신맛의 매실을 써서 맛의 조화를 이룰 것을 강조하고 있다. 그래서 '소금과 매실'이라는 단어가 조화라는 뜻을 갖게 되었다. 나아가 소금과 매실은 인재를 의미하기도 한다. 국이 정치라면 거기 들어가는 재료는 자연스레 인재에 비유될 수 있을 것이다. 단속사에서 공부하는 강회백과 그가 손수 심은 매화 그리고 맛있는 국을 끓이는 일. 강회백은 나라의 기둥이 되었고, 매화는 고매가 되었다.

55 고려와 조선 초기의 관직 이름. 정당문학은 특정한 소임을 맡은 관직이 아닌 재신宰臣으로서 정사를 논의하여 처리하는 의정議政 기능을 담당했다. 따라서 이들이 특정한 소임을 맡게 되는 경우에는 정당문학겸대사헌政堂文學兼大司憲, 정당문학판병부사政堂文學判兵部事 등과 같이 별도의 관직명을 덧붙이도록 되어 있었다. 조선 초기에 의정부문학議政府文學으로 바뀌었다.

56 우연히 쓴 시가 뒷날 뜻밖에 들어맞은 것.

매화 　매실나무

학명
Prunus mume

과명
장미과

생육상
낙엽 지는
중간키나무
落葉小喬木

원산지
중국

분포지
제주, 남부, 중부
지방

사진
녹색 꽃받침에
흰 매화꽃이
청초한 녹악매

매화는 찬바람과 잔설에도 굴하지 않고 단아하면서 향기가 짙고 고운 꽃을 피운다 하여 예로부터 선비들의 아낌없는 사랑을 받아왔다. 언제 우리 땅에 들어왔는지 정확히 알 수 없지만,《삼국유사》등 여러 옛 문헌을 참조해보면 이미 삼국시대 때부터 널리 재배된 것을 알 수 있다. 난초, 국화, 대나무와 더불어 사군자의 하나로 사랑받아왔다.

　　매화의 어린 가지는 녹색이지만 차츰 갈색으로 변한다. 꽃은 연한 자주색이 도는 백색, 순백색 등 여러 가지로서 향기가 강하며, 제주도 지방은 1월부터, 남부 지방은 3월부터, 중부 지방은 4월에 잎보다 먼저 핀다. 꽃받침에는 자주색과 녹색이 있다. 열매梅實는 지름 2~3센티미터로 둥글며, 부드러운 솜털로 덮여 있다. 처음에는 녹색이었다가 7월에 황색으로 익고, 신맛이 강하다. 나무는 높이 9미터 정도까지 자란다. 관상용으로 정원에 주로 심었으나, 요즘은 매실을 식용으로 쓰기 위해서 농원에서 대규모로 가꾸기도 한다. 매실로는 차나 술을 만들며, 해열과 구충, 소화불량, 이질, 설사 등에 약으로 쓴다.

　　매화는 시대와 지역 또는 모양, 재배한 사람의 취향에 따라 여러 가지로 불린다. 일반적으로 매梅, 매화수梅花樹, 산매酸梅, 홍매화紅梅花, 원앙매鴛鴦梅, 녹악매綠萼梅, 홍매紅梅, 중엽매重葉梅, 야매野梅, 조수매照水梅, 매인매梅仁梅, 매화나무, 매실나무 등으로 부른다. 흔히 우리가 설중매雪中梅라 부르는 것은 꽃 피는 시기가 일러 눈 속에서 핀다 하여 그렇게 부르고, 봄에 핀다 하여 춘매春梅, 일찍 핀다 하여 조매早梅라고 부르는 등 피는 상황에 따라 달리 부르기도 한다. 모양에 따라 품자매品字梅, 줄기가 굵고 오래된 것을 고매古梅, 가지가 많은 것을 천지매千枝梅 등으로 부르는가 하면, 약으로 쓸 때는 덜 익은 열매를 짚불에 그을려 만들고는 이를 오매烏梅라고 했다.

　　초봄에 순천 선암사나 섬진강변의 광양 섬진마을 그리고 산청 단성면의 단속사 터나 시천면에 있는 남명 조식 선생의 유적지인 산천재山天齋를 찾아가면 신한 매화 향기를 맡을 수 있다.

　　본문에 나오는 납매蠟梅. *Chimonanthus praecox*는 매실나무와 같은 종이 아니라 납매과의 낙엽 지는 작은키나무落葉灌木로, 중국이 원산지이다. 우리나라에서는 옛날에 관상용으로 심었으나, 지금은 보기 어렵다.

난혜

蘭 蕙

남부 지방 건조한 숲 속 그늘에서 자라는 우리나라의 대표적인 난초 보춘화.
춘란이라고도 한다.

《사림광기事林廣記》[57]에서는 "난화蘭花는 〈이소경離騷經〉[58]에 보인다. 초楚나라 사람들은 9원九畹에 난蘭을 가꾸고 100무百畝에 혜蕙를 심는다. 난은 적기 때문에 귀한 대접을 받고, 혜는 많기 때문에 천한 대접을 받는다"라고 하였다.《본초》를 살펴보면 훈초薰草는 혜초蕙草라고도 하는데, 잎을 혜蕙라 하고 뿌리를 훈薰이라고 하였다. 12무가 1원이므로 9원은 100무가량이 된다. 이로부터 9원과 100무는 같은 면적이라는 것을 알 수 있으니, 한 줄기에 여러 개의 꽃이 핀다고 해서 천하게 여기는 것은 잘못이다. 현재는 이 두 가지를 모두 난蘭이라고 한다. 여러 품종이 있는데 심자深紫, 담자淡紫, 진홍眞紅, 담홍淡紅, 황란黃蘭, 백란白蘭, 벽란碧蘭, 녹란綠蘭, 어타魚鮀, 금전金錢 등의 품종이 있다.

《설문說文》[59]에서는 "난은 산골짜기에서 무리 지어 자란다. 자줏빛 줄기와 붉은 마디에 윤기 나는 녹색 잎으로 되어 있다. 한 줄기에 꽃 한 송이가 피지만, 두 송이가 열리는 것도 있다. 꽃에는 꽃잎이 두세 개 달려 있다. 향이 그윽하고 맑아서 멀리서도 맡을 수 있다. 꽃에는 몇 가지 종류가 있는데, 어떤 것은 희고 어떤 것은 자줏빛이며 어떤 것은 옅은 푸른색이다. 꽃은 언제나 이른 봄에 피는데, 서리가 내리고 얼음이 언 뒤에도 고결함이 한결같다"라고 하였다.

---

57 13세기에 남송南宋 진원정陳元靚이 일상생활에 도움이 되도록 지식을 주제별로 정리한 유서類書이다. 일종의 백과사전에 해당하는데, 후대에 순차적으로 증보되면서 많은 판본이 유통되었다.

58 중국 초나라의 굴원屈原이 지은 글이다. 〈이소경〉에서 굴원은 "나는 이미 9원에 난을 심었고, 또 100무에 혜를 심었네余旣滋蘭之九畹兮 又樹蕙之百畝"라고 했다. 100무는 1경頃으로, 요즘 넓이로 환산하면 약 2만 평約 66,115제곱미터쯤 된다. 굴원에 대해서는 각주 102를 참고.

59 《설문해자說文解字》를 《설문》이라고도 하는데, 이 책의 난蘭과 훈薰 항목에는 이런 내용이 없다. 《설문해자》와는 다른 책으로 보인다.

〈난을 나누는 법分蘭法〉에서는 "(난을) 나누기 전에 쓸 모래를 모아 자갈과 먼지를 제거하고 분뇨를 섞어 말린 다음 1개월 남짓 갈무리해둔다. 한로寒露[60]가 지난 다음 원래의 화분을 깨뜨리고 조심스럽게 손으로 갈라낸다. 오래 묵은 노두蘆頭[61]는 제거하지만, 3년 된 촉은 남겨둔다. 서너 개의 촉 단위로 하나의 화분을 만들되 오래된 촉은 안쪽에, 새로 난 촉은 바깥쪽에 둔다. 촉을 너무 높게 하면 해가 갈수록 쉽게 넘쳐나고, 촉을 너무 낮게 하면 뿌리가 막혀 뻗어나가지 못한다. (화분) 아래쪽에 모래를 두는 이유는 성글게 만들려는 것이니, (이렇게 되면) 잘 통하므로 비가 많이 내려도 (뿌리를) 젖게 만들지 않는다. (화분) 위쪽에 모래를 두는 이유는 촘촘하게 만들려는 것이니, (이렇게 되면) 윤택해지므로 햇볕이 심하게 내리쬐어도 (뿌리를) 말리지 않는다. 햇볕을 쪼이고 차단하거나 이슬을 맞히는 것, 잎의 영양 상태 등이 적절하면 난은 잘 자란다"라고 하였다.

〈꽃나무가 싫어하는 것〉에서는 "난혜를 심을 때는 물이나 술을 주어서는 안 된다"라고 하였다.

---

60 24절기의 하나로 찬 이슬이 내릴 무렵이다. 양력으로 10월 8일 즈음이다.
61 인삼, 도라지 등의 뿌리에서 싹이 나오는 대가리 부분을 가리킨다.

❀ 우리나라에는 난혜의 품종이 많지 않다. 화분에 옮겨 심은 후에는 잎이 점차 짧아지고 향기 역시 옅어지므로 국향國香의 명예를 완전히 잃는다.[62] 그러므로 꽃을 감상하는 사람들은 우리나라의 난혜를 높이 평가하지 않았다. 하지만 호남 연해沿海의 여러 산에서 자라는 품종은 훌륭하다.

서리가 내린 후 뿌리가 다치지 않도록 해서 원래의 흙과 함께 옛 방식대로 화분에 심으면 매우 좋다. 이른 봄 꽃이 필 때 등불을 켜고 책상머리에 두면 벽에 비친 잎의 아름다운 그림자를 즐길 수 있고, 책을 읽는 동안 졸음을 없앨 수 있다. 설창雪窓이 그린 〈구원춘융도九畹春融圖〉가 없더라도 적적함을 달랠 수 있다.

난초의 잎은 1년 만에 완전히 자라지는 않고, 다음 해 늦여름에야 모두 자란다. 자랄 때는 계속 물을 주고 햇볕과 그늘이 번갈아 드는 곳에 두되 너무 건조하게 하지 않는다. 안에 들여놓을 때는 지나치게 따뜻하게 하거나 사람의 손길을 타지 않도록 한다. 자기나 질그릇 화분을 사용한다.

---

62 《춘추좌씨전春秋左氏傳》 선공宣公 3년 기록에 "난초는 나라에서 가장 향기롭다蘭有國香"라는 표현이 나온다.

난혜   난초

과명
난초과

생육상
늘푸른
여러해살이풀
常綠多年生草本

사진
지금은 보기 드문
제주도 자생 한란

난은 사군자의 하나로서 대표적인 문인화의 소재로 사랑받아왔다. 그뿐만 아니라 깨끗한 성품과 고고함을 지녀, 군자의 방에는 으레 난 화분 하나 정도 있어야 격이 있어 보였다. 그러나 난이라는 식물이 따로 있는 것은 아니다. 흔히 난초라고 부르는 난초과 식물 모두를 가리키는 것이다. 우리나라를 비롯하여 중국과 일본 등 온대 지방에서 자라는 난을 일컬어 서양란과 구분해 동양란이라 하며, 이를 다시 난蘭과 혜蕙로 구분하기도 한다. 하나의 꽃대에 꽃이 하나 달리는一葶一花 것을 난이라 하고, 하나의 꽃대에 여러 송이의 꽃이 달리는 것 一葶多花을 혜라 한다.

본문에서 지칭하는 난혜는 동아시아에 자라는 온대성 난초, 그중에서도 주로 보춘화속의 상록 난초 무리를 일컫는다. 우리나라에는 대표적으로 보춘화Cymbidium goeringii가 있다. 춘란春蘭이라 부르는 보춘화는 꽃대 하나에 꽃 하나가 피는 난이다. 녹란綠蘭, 산란山蘭, 난화蘭花 등으로도 불린다. 전국 각지의 건조한 숲 속 그늘에서 자라는데, 특히 경상남도와 전라도에 많다. 높이 10~25센티미터까지 자라는 보춘화는 굵은 뿌리가 사방으로 길게 뻗는다. 잎은 모여서 나는데 길이 20~50센티미터, 너비 6~10밀리미터이고 끝이 뾰족하며 가장자리에 미세한 톱니가 있고 윤기가 난다. 남부 지방에서는 2월부터, 그 밖의 지역에서는 3~4월 무렵에 꽃대 하나에 연한 황록색黃綠色 꽃이 하나씩 달리며 가을에 열매를 맺는다.

한편 제주도에는 꽃대 하나에 여러 꽃송이가 달리는 혜인 한란寒蘭, Cymbidium kanran이 자란다. 한란은 해발 70~900미터의 늘푸른나무숲常綠樹林 아래에서 자라는데, 10~11월 무렵에 꽃이 핀다. 제주 곳곳에서 자랐으나, 무분별하게 채취되는 바람에 자생지가 줄어들어 지금은 제주에서도 보기 드물어졌다. 대신 한란과 비슷한 품종이 여럿 개량되어 관상용으로 많이 보급되고 있다.

서향화

瑞香花

꽃이 피면 인근 수십 리까지 향을 전한다는 서향

《여산기廬山記》[63]에서는 서향이 중국의 여산에서 처음 나왔다고 하였다. 여대방呂大防[64]의 〈서향도서瑞香圖序〉와 《성도지成都志》에서는 "서향은 풀이다. 그 줄기는 높이가 여러 자이며, 산비탈에서 자란다. 황색과 자주색 두 종류가 있으며, 겨울과 봄 사이에 꽃이 처음 피어난다"라고 하였다.

　《격물론》에서는 "서향 나무는 높이가 서너 자이며, 가지와 줄기가 아름답다. 잎은 두껍고 짙은 녹색이다. 버들과 매화 같은 잎, 비파 같은 잎, 모밀잣밤나무柯 같은 잎, 열매가 둥근 것, 가지가 모감주나무欒枝 같은 것 등이 있다. 꽃은 자주색으로 정향丁香과 흡사하다. 모감주나무 가지와 같은 서향만 향이 강하고, 비파 잎과 같은 서향은 열매를 맺을 수 있다"라고 하였다.

---

63 중국 송나라 진성유陳聖俞가 편찬하였다. 여산을 다녀오고 나서 쓴 지리서이다. 여산은 강서성江西省에 있다.
64 중국 송나라 남전藍田 사람으로, 자는 휘중徽仲이고 시호는 정민正愍이다.

《거가필용사류전집》에서는 "자주색 꽃이 피고 잎은 귤잎처럼 푸르고 두터운 것이 향이 가장 좋다. 심는 방법은 뿌리가 드러나게 심어서는 안 되며, 습기와 햇볕을 매우 싫어한다. 옷을 빤 잿물을 부어 지렁이를 없앤다. 옷의 찌꺼기로 뿌리를 북돋우고, 닭즙이나 거위즙을 주면 무성해진다. 또 돼지고기 삶은 물을 주면 더욱 무성해진다"라고 하였다.[65]

〈꽃에 물을 주는 법澆花法〉에서는 "물을 자주 주어서는 안 되니 소변을 주면 된다. 그러면 지렁이도 죽일 수 있다. 소변을 꽃대에 주면 잎이 녹색이 된다. 또 머리빗의 때를 이용하여 뿌리를 기름지게 한다. 햇볕이 들면 덮어준다. 서향의 뿌리는 달기 때문에 잿물을 뿌려주어야 지렁이가 먹지 않는다"라고 하였다.

🍁 추운 북쪽 지방에서는 화분에 심는 것이 좋으며, 땅에 심는 것은 적당하지 않다. 서향의 뿌리는 흐트러진 머리카락처럼 가늘고 약하므로, 지나친 햇볕이나 습기는 모두 뜻밖의 해를 준다. 만약 옛 방법대로 닭즙이나 거위즙, 돼지고기 삶은 물, 소변 등을 주면 화분의 흙에서 냄새가 나고 가는 뿌리가 썩게 되니, 맑은 물을 서서히 주는 것이 오히려 낫다. 서향의 잎이 짙은 녹색으로서 넓고 두꺼운 것은 본래의 성질을 잃지 않은 것이고, 누렇고 연한 데다 쭈글쭈글해진 잎은 지나친 햇볕과 습기 때문에 뿌리에 병이 생긴 것이다. 이런 경우엔 반드시 흙을 바꾸어 옮겨 심어 그늘에 둔 채, 습하거나 건조하지 않게 물을 주면 다시 처음과 같아진다.

---

65 《거가필용사류전집》 무집 화초류花草類 〈서향을 심는 법種瑞香〉에 보인다.

양성재楊誠齋[66]의 시에서는, "직녀織女가 베틀에서 조그맣게 짜놓은 비단 / 자줏빛 꽃이 푸른 가지 위에서 나풀거리네 / 침수향을 가져다가 짙은 향기 스미게 하고 / 맑은 햇살 은은한 바람결에 한낮이 되어가네"라고 하였다. 조선의 도은선생陶隱先生[67] 또한 "푸른 잎의 자주색 꽃은 향기가 강렬하구나. 수고롭지만 그대를 보내어 은자隱者의 짝으로 삼으려네"라고 하였다. 누구나 서향은 푸른 잎의 자주색 꽃이 가장 아름답다고 생각한다.

서향은 5~6월에 한 치 정도의 가지를 잘라서 화분에 성글게 심어 그늘에 놓아두면 곧 살아난다. 또한 낮은 가지를 굽히고, 굽힌 부분에 가볍게 흠집을 내어 땅에 묻기도 한다. 그러면 흠집 난 부분이 도드라지면서 가는 뿌리가 돋아난다. 이것을 지접地接이라고 하는데, 나무가 모두 잘 살아난다. 안에 들여놓는 시기가 지나치게 이르거나 온실이 너무 더우면 잎이 떨어진다. 반드시 대여섯 차례 서리가 내린 뒤에 들여놓아야 한다. 질그릇 화분을 사용한다.

---

66 중국 송나라 길수吉水 출신의 시인. 이름은 만리萬里이고 자는 정수廷秀이며 시호는 문절文節이다. 금나라에 빼앗긴 송나라 땅을 회복하는 데 뜻을 두었던 장준張浚이 설파한 정심성의正心誠意에 대한 가르침에 감복하여 독서실을 성재誠齋라고 하였기에 성재선생이라고 불린다. 그의 시는 육유陸游·범성대范成大의 시와 함께 유명하다.
67 이숭인李崇仁, 1347~1392. 고려 말기의 문신으로, 포은 정몽주, 목은 이색과 함께 삼은三隱으로 불린다. 이숭인 대신 야은 길재를 넣기도 한다. 자는 자안子安이고 도은은 호이며 본관은 성주星州이다. 성리학에 조예가 깊었으며, 시문과 문장에 뛰어났다.

한양에서 꽃을 기르는 사람들은 서향의 높은 운치를 알아보지 못하고 또한 기르는 방법도 알지 못해서 돌보고 감상한 지 몇 년 지나지 않아 말라 죽게 한다. 그러고는 "이 꽃은 쉽게 죽으니 별로 귀하지 않구나"라고 한다. 나는 이 꽃을 얻어 매우 사랑하였다. 이 꽃이 습기와 햇볕을 싫어한다는 옛 방법을 듣고서야 재배의 기술을 알게 되었다. 물을 주고 거두며 햇볕을 쪼일 때는 일하는 아이에게 맡기지 않고 직접 하였다. 그 후 꽃잎이 무성해져 전날의 배가 되었다. 꽃받침 하나에서 꽃 한 송이가 겨우 피었을 뿐인데 마당에 향기가 가득하였다. 모든 꽃이 피자 향기가 수십 리까지 퍼졌다. 꽃이 지고 앵두처럼 빨간 열매가 푸른 잎 사이에서 찬란하게 맺히니, 참으로 한가한 생활 속의 좋은 친구라 할 수 있다. 그러므로 '쉽게 죽는다'라고 하는 것은 정말 맹랑한 말이다. 아! 모든 존재는 각각 자기를 알아주는 사람이 있다. 자기를 알아주는 사람을 만나지 못하면 아무도 없는 산에서 혼자 피었다가 지더라도 끝내 알려지지 못하니, 어찌 한스럽고 슬프지 않겠는가.

서향화 서향

학명
Daphne odora

과명
팥꽃나무과

생육상
늘푸른 넓은잎
작은키나무
常綠闊葉灌木

원산지
중국

분포지
제주도 및 남부
지방 해안

사진
닉 장의 꽃잎과
단아한 푸른 잎이
어우러진 서향

서향은 향기가 특히 좋다. 본래 추위에 약한 탓에 제주도나 경상남도, 전라남도 등의 남부 지방 바닷가 마을에서만 자랐다. 지금은 온실에서 관상용으로 재배되어 전국에서 볼 수 있다.

높이 1미터 안팎으로 자라며 암수 다른 나무이다. 3~4월 무렵이면 지난해에 나온 가지 끝에 흰색이나 붉은 자주색 꽃이 모여 핀다. 꽃잎 넉 장 가운데에 앙증맞게 자리한 노란 꽃술은 향기가 강하다. 꽃차례를 제외하고는 털이 없으며, 잎은 두껍고 가장자리가 밋밋하다. 열매는 10월 무렵에 맺는데, 우리나라에서 자라는 것은 대부분 수나무雄株이기 때문에 열매를 맺는 것이 드물다. 약용식물로서 뿌리는 백일해, 지혈제, 강심제 등으로, 줄기와 잎은 어혈을 풀거나 소독, 감기, 종창 등에 쓰였다. 본문에서 서향은 풀이라는 문헌도 있는데, 이는 잘못 기록된 것으로 보인다.

거제도와 제주도의 해안 산지에 백서향白瑞香, *Daphne kiusiana*이 자생한다. 백서향은 서향에 비해 잎이 더 길고 윤기가 나며, 꽃의 모양은 같으나 새하얀 꽃이 피고 향기도 비슷하다.

연화

蓮花

사대부 정원에 있는 연못의 풍취를 오늘날까지 전해주는
영양 서석지의 여름 연꽃밭

《이아》에서는 "연荷은 부거芙蕖이다. 줄기는 여茹라고 하고, 잎은 하荷라고 하며, 꽃은 함담菡萏이라고 한다. 열매는 연蓮이라고 하며, 뿌리는 우藕라고 하고, 씨는 적的이라고 한다"라고 하였다.[68]

주렴계周濂溪[69]의 〈애련설愛蓮說〉에서는 "나는 연꽃을 유독 좋아한다. 진흙 속에서 피어나면서도 더럽혀지지 않고, 맑은 잔물결에 흔들리면서도 요사스럽지 않다. (줄기) 속은 비어 있고 겉은 곧으며, 덩굴로 뻗거나 가지를 치지 않는다. 향기는 멀어질수록 더욱 맑으며 고귀하고 정갈하게 자란다. 멀리서 바라볼 수는 있지만 가까이 두고 감상할 수는 없다. 여러 꽃 가운데 연꽃은 군자이다"라고 하였다.

또한 증단백曾端伯[70]은 연꽃을 깨끗한 벗淨友이라고 하였다.

〈연을 심는 법種蓮法〉에서는 "연을 쇠똥과 함께 땅에 쌓아두었다가 입하立夏, 양력 5월 5일 무렵 2~3일 전에 뿌리를 캐어 마디 윗부분을 떼어낸 다음 진흙에 심으면 그해에 곧바로 꽃이 핀다"라고 하였다.

---

68 《이아》 석초 13에는 "연荷을 부거芙蕖라고 통칭하는데 줄기를 가茄라고 하고 잎을 하荷, 줄기 아랫부분을 밀蔤, 꽃을 함담菡萏, 열매를 연蓮, 뿌리를 우藕, 씨앗을 적的, 씨앗의 속을 의薏라고 한다"고 되어 있다. 이와 같이 《이아》 원문에는 '줄기를 가茄'라고 하였는데, 《양화소록》에서는 '줄기는 여茹'라고 하였다. 아마도 《양화소록》에 《이아》의 원문을 옮기는 과정에서 '여茹'라고 잘못 쓴 듯하다.

69 주돈이周敦頤, 중국 송나라 도주道州 사람으로, 자는 무숙茂叔이고 시호는 원공元公이며 염계는 호이다. 성리학에 큰 영향을 끼친 학자로 《태극도설太極圖說》 등을 지었다.

70 증조曾慥, 중국 송나라 사람으로, 단백은 자이고 호는 지유거사至游居士이다. 박학하였으며, 시에 능하였다.

또 다른 법에서는 "5월 20일에 연의 줄기가 긴 것을 깊숙하게 옮겨 심고 대나무 가지로 조심스레 받쳐주면 모두 살아난다"라고 하였다. 또 다른 법에서는 "이른 봄에 흠이 없는 뿌리 세 마디를 캐어 바닥의 진흙 가운데 딱딱한 흙에 닿도록 깊숙이 심으면 그해에 꽃이 핀다"라고 하였다.

연꽃 씨앗을 심을 때는 8~9월에 단단한 검은 씨앗을 골라 기왓장에다 뾰족한 부분을 갈아서 껍질이 얇아지도록 한다. 도랑의 흙을 가져와 진흙을 묵혔다가 손가락 세 개 정도 굵기에 두 치 정도의 길이로 감싸되, 씨앗의 꼭지蒂頭 쪽은 평평하고 무겁게 하며 갈았던 쪽은 뾰족하고 날카롭게 한다. 진흙이 마르려 할 즈음 물 속으로 던지면, 무거운 머리 쪽이 아래를 향하므로 얇은 껍질 쪽은 위를 향하게 되어 잘 자란다. 갈지 않으면 절대 자라지 않는다.[71] 【씨눈子은 모두 씨앗 위쪽에 붙어 있으므로 뿌리는 씨앗 윗부분上頭의 뾰족한 곳에서 나온다. 연꽃 씨앗은 뿌리가 먼저 나오지 않는다. 줄기와 잎은 하두下頭에서 나온다. 하두란 씨앗의 꼭지를 말한다. '씨앗의 꼭지 쪽을 평평하고 무겁게 한다'는 설명은 틀린 것 같다.】

〈꽃나무가 싫어하는 것〉에서는 "연꽃은 오동기름을 가장 싫어한다. 연못에 가서 손으로 연잎들 한가운데를 헤치고 오동기름 몇 방울을 그 안에 떨어뜨리면, 그곳에 가득하던 연꽃이 모두 죽는다"라고 하였다.

---

71 《거가필용사류전집》무집 과목류果木類 〈수생식물을 기르는 법種水物法〉에서 보인다.

🍁 연꽃을 심을 때 붉은색과 흰색을 함께 심어서는 안 된다. 흰색 연꽃이 번성하면 붉은색 연꽃은 반드시 쇠잔해지므로, 연못 안을 구분한 다음 (색깔에 따라) 나누어 심어야 한다. 심는 방법은 옛 방식을 따르되 절기에 구애받을 필요는 없다. 한양에서 한 치의 땅은 그만한 크기의 금덩어리만큼이나 비싸니 어찌 꼭 연못을 만들어야 하겠는가? 다만 큰 옹기 두 개를 구해 붉은색과 흰색을 나누어 재배하는 것이 좋겠다.

모종을 낼 때는 잔뿌리를 모두 제거하여 연꽃 줄기가 이리저리 얽히지 않게 한다. 줄기가 얽히면 꽃이 피지 않기 때문이다. 얼음이 얼기 시작하면 옹기를 햇볕 드는 곳에 두어 얼어터지지 않도록 한다. 이듬해 봄에 다시 가져오면 꽃이 더욱 활짝 핀다. 만약 옹기가 무거워 운반할 수 없으면, 오래된 뿌리는 캐버리고 옹기는 비워두었다가 이듬해에 다시 심어도 괜찮다. 옹기를 묻을 때는 땅바닥보다 약간 높게 해야 한다. 옹기는 주둥이가 반드시 넓어야 한다. 줄菰, 부들蒲, 개구리밥蘋, 수초藻 등을 함께 심고 작은 물고기 대여섯 마리를 풀어놓아 연못처럼 만든다.

사람이 한세상을 살면서 명성과 이익에 골몰하느라 고달 프게 일하면서 죽을 때까지 그치지 못한다면 과연 무엇을 하는 것인가? 벼슬을 버리고 강호江湖를 소요하지는 못한다 하더라도, 공무公務 중에 한가한 틈을 타서 맑은 바람 밝은 달 아래 향기 진한 연꽃과 그림자 뒤척이는 줄이나 부들을 대하는 건 어떨까. 작은 물고기가 개구리밥과 수초 사이로 뛰노는 광경을 만날 때마다 옷깃을 풀어 헤치고 거닐거나 노래를 읊조리면서 거닌다면, 몸은 명예의 굴레에 묶여 있어도 마음은 세상사에서 벗어나 노닐면서 자신의 감정을 마음껏 표현할 수 있을 것이다.

　　옛사람이 말하기를, "명예와 이익을 다투는 세상에 얽매이면 욕심을 채우고 남을 굴복시키려는 마음이 생기고, 산림에서 한가롭게 지낸다면 침잠沈潛하려는 마음이 일어난다"라고 하였다. 이로부터 사람의 마음은 처한 상황에 따라 변하므로 그 나아갈 방향을 알 수 없다는 사실을 엿볼 수 있다. 그러므로 도를 지켜 덕을 기르는 선비들은 번잡하고 요란한 것을 싫어하고 한가하고 느긋한 것을 좋아하여 유유자적하면서 홀로 즐거워하고 다른 것에 얽매이지 않는다. 이 점은 옛날이나 지금이나 똑같은데, 이에 대해 속세의 선비와 이야기하기는 어렵다.

연화　연꽃

학명
Nelumbo nucifera

과명
연꽃과

생육상
여러해살이 물풀
多年生 水生植物

원산지
불분명

분포지
전국

사진
노란 연밥이
꽃잎 사이로
고개를 내민
연꽃송이

진흙 속에 뿌리를 내리고도 더러움에 물들지 않고 물 위로 맑고 향기로운 꽃을 피워, 그 덕을 높이 칭송받는 연꽃은 불교의 상징과도 같은 꽃이다. 우리나라에는 불교가 전래되면서 함께 들어온 것으로 짐작된다. 그렇다고 해서 연꽃이 굳이 불교만의 꽃인가 하면, 그렇지도 않다. 심청전 등 전래 민담과 설화에서도 종종 등장하고, 생활 속에서도 약재나 식용으로 쓰여왔다.

연꽃은 연蓮, 하荷, 하화荷花, 연화蓮花, 부거芙渠, 함담菡萏이라 달리 부르기도 하고, 열매를 석련자石蓮子, 연자蓮子, 연실蓮實, 연밥이라 하며, 뿌리는 연근蓮根, 우藕라 하는데 대개는 연으로 부른다. 원통형의 마디를 이루는 뿌리는 옆으로 길게 뻗어 자라는데, 가을철이 되면 끝부분이 특히 굵어진다. 7~8월에 잎자루와 마찬가지로 연한 가시가 있는 꽃줄기가 물 밖으로 올라오면, 줄기 끝에 지름 15~20센티미터 정도의 연한 분홍색이나 흰색 꽃이 핀다. 꽃이 지고 나면 10월 무렵에 벌집 모양의 열매가 갈색으로 익는데, 길이와 지름이 각각 10센티미터 정도이다. 위 표면은 편평하며, 여러 개의 홈 속에 길이 2센티미터 정도인 타원형 모양의 씨가 들어찬다.

연꽃은 관상용 외에도 버릴 것 하나 없을 정도로 쓰임새가 다양하다. 잎과 뿌리, 열매는 식용뿐만 아니라 다양한 약재로 쓴다. 잎은 수렴收斂 및 지혈제, 야뇨증夜尿症 치료제로 쓰였고, 뿌리는 강장제強壯劑로, 열매는 부인병에 폭넓게 쓰였다.

흰 꽃이 피는 연으로 약 10만여 평333,000제곱미터 전체가 덮여 있는 무안의 회산방죽을 비롯하여 전주 덕진못, 경산 갑제못, 상주 공갈못 등에 너른 연꽃밭이 남아 있고, 사대부 정원의 연못으로는 영양의 서석지瑞石池와 달성 하엽정荷葉亭을 꼽을 수 있다. 선비들이 연꽃을 사랑하여 집 뜰에 소래기나 자배기라도 놓고 연을 길렀던 과거와, 아름다운 연꽃 방죽들이 하나둘 없어지고 환경이 파괴되는 지금 우리 시대의 모습은 너무나 대조적이라 할 수 있다.

석류화【백엽을 덧붙인다.】

石 榴 花【百 葉 附】

윤기 나는 푸른 잎 사이 진홍빛으로 고개 숙인 석류꽃

《격물총화格物叢話》에서는 "석류꽃은 안석국安石國에서 와서 안석류安石榴라고 이름한다. 바다 건너 신라국新羅國에서 왔기 때문에 해류海榴라고도 한다. 이 꽃의 꽃받침은 모두 진홍색이다. 꽃잎은 한 줌의 붉은 수염에 노란 좁쌀이 촘촘히 박힌 듯하다. 종류로는 천엽千葉, 황화黃花, 홍화백록紅花白綠, 백화홍록白花紅綠 등이 있다. 특이한 품종의 꽃들 가운데 하나이다"라고 하였다.

육기陸機가 동생 운雲[72]에게 보내는 글에서 "장건張騫[73]이 한漢나라의 사신이 되어 외국에 간 지 18년 만에 도림국塗林國의 안석류를 얻었다"라고 하였는데 이것이다.

《도경圖經》[74]에서는 "일명 단약丹若이라고 하며, 《광아廣雅》[75]에서는 약류若榴라고 하였다. 나무가 그리 크거나 높지는 않다. 가지는 줄기에 붙어 있는데 땅에서 자라나 무리를 이룬다. 심으면 매우 쉽게 자라므로, 가지를 꺾어서 단단한 땅에 옮겨 심더라도 잘 자란다. 꽃은 황색과 붉은색 두 종류가 있고, 열매는 단맛과 신맛 두 가지이다. 단것은 먹을 만하고 신 열매는 약으로 쓴다. 그 열매를 많이 먹으면 폐가 상하게 된다"라고 하였다.

---

72 중국 진晉나라 오군吳郡 출신의 문장가 형제로, 이륙二陸이라고 불렸다. 육기의 자는 사형士衡이고, 동생인 육운의 자는 사룡士龍이다.

73 중국 전한前漢 때의 외교가로서 자는 자문子文이다. 무제武帝 때 흉노匈奴를 견제하기 위하여 서방의 대월지大月氏에 동맹을 촉구하고자 서역으로 가던 도중 흉노에게 잡혀서 10년 동안 포로 생활을 했다. 그 뒤 목적지에 도달했으나, 뜻을 이루지 못하고 13년 만에 돌아왔다. 중국과 인도의 교통로를 개척하고 동서 간 교통과 문화 교류의 길을 여는 데 크게 기여했다.

74 《도경圖經》은 《본초도경本草圖經》의 약칭으로 보인다. 강희안이 이 책의 여러 곳에서 인용하고 있는 《증류본초》에서는 《도경》으로 약칭하고 있다. 《본초도경》은 현전하지 않는다. 《증류본초》 권23 〈안석류〉에 이 글이 있다.

75 중국 삼국시대 위나라 장읍張揖이 편찬한 사전. 《이아》의 순서를 따르고 한나라 유학자들의 주석 및 《삼창三蒼》, 《설문說文》 등 여러 책을 모아 첨가하였다. 수나라의 조헌曹憲이 음석音釋을 지었다.

《본초》에서는 "안석류에는 신맛과 싱거운 맛 두 종류가 있다. 홑잎의 꽃單葉花이 피자마자 열매를 맺는다. 열매는 붉은 씨가 있으며, 가지에서 가지가 계속 뻗어나온다. 가을에 비를 맞으면 (그 열매가) 저절로 벌어진다. 도가道家에서는 안석류를 가리켜 '삼시주三尸酒'라고 하였는데, 삼시[76]가 이 과일을 먹으면 취하기 때문이다. 또한 마치 수정처럼 희고 맑고 밝은 종자가 있는데, 맛 또한 달아서 수정석류水晶石榴라 한다"라고 하였다.

〈화분에서 꽃과 나무를 키우는 법種盆內花樹法〉에서는 "항상 햇볕을 쪼여주되, 한낮에는 맑은 물을 주고 아침저녁에도 물을 준다"라고 하였다.

〈석류를 꺾꽂이하여 심는 법揷榴法〉에서는 "손가락같이 곧은 가지를 한 자 정도 잘라서 여덟 개나 아홉 개를 하나로 묶은 다음 아래의 두 치 정도를 태우고, 구덩이를 깊게 파서 가지를 꽂는다. 구덩이 주위에 여러 가지 뼈와 딱딱한 돌을 두고, 가지 사이는 흙으로 메운다. 가지가 한 치 정도 나오게 되어 물을 주면 바로 자라난다"라고 하였다.[77]

〈꽃을 접붙이는 법〉에서는 "목서木犀나무에 석류를 접붙이면 반드시 붉은색 꽃이 핀다"라고 하였다.【《거가필용사류전집》의 〈꽃에 물을 주는 법〉에는 반류盤榴의 방법도 있다. 북쪽 땅은 추운 곳이라서 이 방법을 이용하지 않기 때문에 함께 수록하지 않았다.】

---

76 도가에서 말하는, 사람의 몸 안에 있으면서 해를 주는 세 가지 벌레를 가리킨다. 경신庚申날 밤에 나와서 사람의 비밀스러운 일을 천제天帝에게 보고한다고 한다.
77 《거가필용사류전집》무집 화초류 〈화분에서 꽃과 나무를 키우는 법〉에 보인다.

❀ 석류는 꽃이 예쁘게 필 뿐만 아니라, 열매 또한 먹거나 완상玩賞, 즐겨 구경함할 만하다. 그러므로 예나 지금이나 사람들이 많이 좋아한다. 그 깊은 맛은 한이부韓吏部[78]가 쓴 석류꽃 시 한 구절을 음미해보면 더욱 잘 알 수 있다. 속설에 따르면, 천엽千葉 가운데 열매를 맺지 못하는 것을 백엽百葉이라고 한다. 줄기가 곧고 가지가 층을 이루며, 위는 뾰족하고 아래는 큰 것이 백양栢樣이다. 줄기가 곧고 위가 성기며, 가지가 우산을 펼친 듯한 모양을 한 것은 주석류柱石榴라고 한다. 여러 그루가 무리지어 자라며, 가지가 섞인 것이 수석류藪石榴이다. 여러 석류 가운데서도 백양류栢樣榴가 가장 아름답다. 백엽을 기르더라도 반드시 백양의 모양을 만들어야 한다. 나머지는 아름답지 않기 때문이다.

석류가 열매를 많이 맺으면 가지는 반드시 말라 죽는다. 백양류는 허리 높이 이상으로 열매를 맺게 해서는 안 된다. 한두 개만 남겨놓고 나머지는 따서 버린다. 그루터기 아래로 뻗은 가지가 적고 성길 때는 성긴 곳을 구부리면 반드시 새 가지가 생겨난다. 기가 위로 올라가지 못하고 굽은 곳에 맺히게 되면서 가지가 생겨나는 것이다. 또한 지나치게 건조하거나 습하면 잎이 돋아나지 않는다. 그러므로 반드시 그늘에서 석류나무의 크기에 따라서 구덩이를 파서 옆으로 뉘어놓고, 젖은 거적을 두껍게 덮어두면 오래지 않아서 잎이 다시 돋아난다. 묵은 뿌리들이 얽혀서 시들고 썩으면 열매가 달리지 못하니, 이럴 때는 반드시 톱으로 베어내야 한다. 열매를 맺을 때는 물을 지나치게 많이 주지 않는다.

---

78 이부시랑吏部侍郎을 지냈던 중국의 한유韓愈를 말하는 것 같다. 한유에 대해서는 각주 111을 참고.

대체로 석류의 잎은 자라면서 커지려고 할 때는 짙은 녹색이 된다. 잎이 클수록 열매도 크다. 백엽도 잎이 녹색으로 변하려는 경향이 있는데, 잎이 녹색이면 꽃도 짙은 붉은색이다. 백엽은 꽃이 피면 이슬 정도는 맞혀도 되지만, 비를 맞히거나 햇볕을 쬐게 해서는 안 된다. 햇볕을 쬐면 꽃 빛깔이 옅어져 흰색으로 변하고, 비를 맞으면 꽃잎이 썩으니 모두 피해야 한다. 꺾꽂이를 할 때는 옛 법을 따르지 않아도 된다. 가지를 한두 치 정도 잘라서 다른 화분에 촘촘히 꽂아 그늘에 두면 다시 자란다. 이듬해 봄이 오면, 거름을 사용하여 나누어 심으면 좋다. 또 다른 법에서는, 화분 안의 묵은 흙을 물과 잘 섞어서 고르고 두껍게 한 다음, 막 돋은 줄기와 잎을 따서 진흙 위에 꽂아두면 자연스럽게 뿌리가 생긴다고 했다. 들여놓을 때는 가지 끝이 땅에 닿지 않게 하고, 너무 덥게 하지 않는다. 질그릇 화분을 사용한다.

석류화　석류나무

학명
Punica granatum

과명
석류나무과

생육상
낙엽 지는
중간키나무
落葉小喬木

원산지
유럽 동남부,
히말라야

분포지
경기 이남

사진
완전히 익으면
살짝 터지는
석류 열매

석류목石榴木, 석류수石榴樹, 안석류安石榴, 해류海榴, 석류나무 등으로 불리는 석류는 예로부터 열매 속에 든 수많은 붉은 씨로 인하여 포도와 함께 각종 문양이나 민화에 다산多産의 상징으로 쓰였다. 또한 생활 속에서는 주로 관상수로 사랑받았다. 남부 지방에서 잘 자라며, 북부 지방에서는 야외에서 겨울을 나기가 어려우므로 화분에 심어서 추울 때는 온실이나 실내에 들여놓고 재배하였다.

석류는 높이가 10미터 안팎까지 자라는데, 어린 가지는 네모지고 털이 없으며 짧은 가지의 끝이 가시로 변하는 것이 특징이다. 잎은 광택이 있는 긴 타원형으로 마주난다. 꽃은 5~7월에 붉은색으로 핀다. 암수한꽃兩性花이나, 씨방과 암술이 잘 발달하지 않아 열매를 맺지 않는 안갖춘꽃不完全花도 생긴다. 꽃받침은 꽃잎과 마찬가지로 붉은색인데, 통 모양筒形으로서 끝이 여섯으로 갈라진다. 꽃이 지고 나면 꽃받침 속 씨방이 커지면서 열매가 된다. 9~10월에 황색 또는 황홍색黃紅色으로 열매가 익는데, 완전히 익으면 겉껍질이 불규칙하게 터져서 붉은 씨앗이 드러난다. 씨앗은 그대로 먹거나 화채로 먹으며, 겉껍질果皮과 뿌리의 껍질根皮은 수렴제, 지사제, 편도선염, 촌충을 구제하는 약으로 쓴다.

본문에서 천엽, 황화, 홍화백록, 백화홍록, 백양, 주석류 등을 거론한 것을 보면, 당시에도 석류나무를 기르면서 나름대로 품종을 구분해놓았음을 알수 있다. 오늘날에도 붉은 홑꽃의 재래종 외에 모란처럼 풍성한 붉은 겹꽃, 황색 겹꽃, 붉은 바탕에 테두리가 흰 겹꽃 등 다양한 석류 품종이 있다.

치자화

梔子花

꽃잎이 여섯 장으로, 눈꽃 결정과 닮은 치자나무 꽃

《화훼명품花卉名品》에서는 "치자梔子는 담복薝蔔[79]이라고도 한다. 촉蜀 땅에는 홍치화紅梔花가 있다"라고 하였다. 《잡조雜俎》[80]에서는 "꽃잎이 여섯 장인 꽃은 드문데, 오직 치자만이 꽃잎이 여섯 장이다"라고 하였다. 《본초》에서는 "목단木丹이라고도 하고 월도越桃라고도 한다"라고 하였다.[81] 《유마경維摩經》[82]에서는 "담복 숲에 들어가면 담복 향기만 가득하여 다른 향기는 맡을 수 없다"라고 하였다.

《도경》에서는 "9월에 열매를 채취하여 햇볕에 말리는데, 남쪽 사람들이 다투어 재배하여 이익을 남기고 판다. 〈화식전貨殖傳〉[83]에서는 '치자와 꼭두서니梔茜 천석千石은 천승지가千乘之家[84]의 재산에 비견된다'라고 하였으니, 이익이 많다는 점을 지적한 것이다"라고 하였다.[85]

〈퇴거편退居篇〉에서는 "섣달에 가지를 한 자 다섯 치 정도의 길이로 꺾어놓는다. 먼저 한 자 깊이에 다섯 치 넓이의 구덩이를 판다. 격구의 지팡이毬杖처럼 아래로 굽었다가 거꾸로 위를 향하는 가지를 골라서, 잎이 달린 부분을 구덩이 밖에서 위로 다섯 치 정도 나오게 하고 한 변을 흙으로 대강 메운다. 그런 다음 즉시 거름을 주고 흙을 채운 뒤 단단히 다지면 자연스레 살아나 2년 뒤에는 열매를 맺는다"라고 하였다.

---

79 《양화소록》에는 첨薝으로 되어 있으나 담薝이 맞다.

80 《유양잡조酉陽雜俎》를 말한다. 당나라 단성식段成式이 지은 것으로, 잡다한 내용이 30편으로 묶여 있다. 기괴한 이야기가 많이 수록되어 있다.

81 《증류본초》 권13 〈치자〉에 보인다.

82 불경의 하나로, 원래의 제목은 《유마경소설경維摩經所說經》이다. 유마거사가 대승大乘의 진리를 설법하는 내용으로 구성되어 있다.

83 《사기史記》와 《한서漢書》의 〈화식열전貨殖列傳〉에는 이러한 표현이 보이지 않으므로, 다른 책인 것 같다.

84 천 대의 수레를 지닌 큰 제후로서 세력도 크고 재산도 많다는 뜻이다.

85 《증류본초》 권13 〈치자〉에 보인다.

❁ 치자는 네 가지 아름다움이 있다. 꽃 색깔이 희고 기름진 것이 첫째이고, 꽃향기가 맑고 풍부한 것이 둘째이다. 겨울에도 잎이 변하지 않는 것이 셋째이고, 열매로 황색 물을 들일 수 있는 것이 넷째이다. 치자는 가장 귀한 꽃인데도, 이 꽃을 감상하고 가꾸는 사람들은 제대로 알지 못해 말려 죽이곤 한다.

내가 눈꽃雪花을 살펴보니 육각형이었다. 태음현정석太陰玄精石[86] 역시 여섯 모稜로 되어 있다. 음기가 모인 것은 모두 육의 수인데,[87] 치자꽃 역시 음기가 모인 것이므로 여섯 장의 꽃잎이 나온다.

성질이 건조함과 따뜻함을 매우 싫어하므로, 안에 들여놓을 때 너무 덥게 하면 가지와 잎이 누렇게 말라 꽃이 피지 않는다. 얼어 상하게 해서도 안 된다. 여러 꽃 가운데서도 갈무리하기가 가장 힘든데, 건조하지 않게 물을 주어야 하고 해를 싫어하므로 볕을 쪼여서도 안 된다. 잘 기르면 열매를 맺을 수 있지만, 중국에서 자라는 것만은 못하다. 꺾꽂이는 굳이 옛 방식대로 할 필요는 없는데, 가지 윗부분을 세 치 정도로 잘라 화분에 성기게 꽂아서 그늘진 곳에 두면 곧 살아난다. 질그릇 화분을 사용한다.

---

86 현정석은 땅속에 스며든 간수가 오래되어 만들어진 돌을 말한다. 《신농본초경》 권4 〈태음현정太陰玄精〉에서는, 소금기가 많은 땅에서 산출되고 지극히 음한至陰 정기가 뭉쳐서 이루어졌으므로 음陰의 수인 육六을 따라 육각형이라고 하였다. 풍랭風冷, 사기邪氣, 경비痙痺를 치료하는 데 이용한다고 한다.

87 숫자 가운데 아홉九은 양陽을 상징하고 여섯六은 음陰을 상징한다. 예를 들어 《주역周易》의 효사爻辭는 양과 음으로 이루어져 있는데, 아홉과 여섯으로 각각 표현하고 있다.

치자화   치자나무

학명
Gardenia jasminoides

과명
꼭두서니과

생육상
늘푸른 중간키나무
常綠小喬木

원산지
중국

분포지
남부 지방

사진
노란색의
전통 염료로
널리 쓰이던
치자 열매

치자는 꽃이 아름답고 향기가 진하며 열매 또한 아름다워 관상용으로 좋다. 예전부터 옷감에 노란 물을 들이거나 과자나 떡, 전 등 음식물에 색을 내는 데 흔히 쓰였으나, 지금은 화학 염료나 식용색소에 밀려 잘 이용되지 않고 있다. 치자梔子, 담복薝蔔, 치자수梔子樹, 황치자黃梔子, 치자화梔子花, 산치山梔, 수횡지水橫枝, 황치화黃梔花, 산치자山梔子, 황지黃枝, 임란林蘭, 자자화字子花, 백섬화白蟾花, 책樴, 저도猪桃, 월도越桃 등으로 시대와 지역에 따라 여러 가지로 불렸으며, 이들 이름은 대개 중국 각지에서 들어온 것이다.

남부 지방과 제주도에서 집 안뜰에 흔히 심는다. 높이는 3미터 안팎으로 자라며, 6~7월 무렵에 꽃잎이 예닐곱 장으로 갈라지는 흰색 꽃이 핀다. 9~10월에 길이 3~4센티미터 정도 되는 타원형의 열매가 주황색으로 익는다. 열매는 염료 외에도 당뇨, 지혈, 황달, 불면증, 결막염 등에 약재로 쓰인다.

요즘 도심의 화분에서 흔히 보이는 치자는 꽃잎이 여러 겹으로 많이 달리는데, 이들은 꽃치자千葉梔子, *Gardenia jasminoides* var. *radicans*로서 관상용으로 재배된 것이다.

본문에 나오는 꼭두서니*Rubia akane*는 치자나무와 같은 꼭두서니과의 덩굴성 여러해살이풀이다. 땅속의 굵은 뿌리는 약으로 쓰거나 연한 흑자색黑紫色 또는 자주색紫朱色을 내는 염료로 쓰였다. 당시 꼭두서니가 치자와 함께 염료식물로 가치 있게 재배되었음을 알 수 있다.

사계화 【월계를 덧붙인다.】

四季花【月季附】

중국의 오래된 월계화 품종인 월월분.
5월 말경부터 첫 서리 내릴 때까지 여러 차례 개화한다.

🌸 이 꽃은 봄 여름 가을 겨울의 마지막 달마다 피기 때문에 세상에서는 '사계四季'라고 부른다. 그러나 어디에 근거를 두었는지는 모르겠다. 운치와 격조가 있는데도 옛사람들이 명품이라고 쓰지 않았으니 매우 안타깝다. 그러나 명화를 볼 때마다 이 꽃을 많이 그렸으니 어찌 명품이 아니겠는가. 이것은 세상의 평가가 실상과 다른데도 사람들이 깨닫지 못하는 경우이다. 세상 사람들은 "수모를 받지 않으려는 듯 온통 가시로 몸을 감싸고, 사계절마다 눈앞에 피어 홀로 봄을 간직하고 있구나"라는 시 구절을 사계화에 대한 시로 생각하였다. 내가 살펴보니 이 시는 옛사람이 계화桂花에 대하여 읊은 구절이다. 사람들이 잘못된 것을 거듭 전해왔으니, 세상 말을 다 믿을 수 없는 것이 이와 같다.

이 꽃에는 세 종류가 있다. 꽃이 붉고 음력 3월辰·6월未·9월戌·12월丑마다 꽃향기를 퍼뜨리는 것을 사계라고 한다. 꽃이 희고 잎이 둥글고 큰 것은 월계月季이다. 푸른 줄기가 서로 얽혀서 봄가을에 한 번씩 꽃이 피는 것은 청간사계青竿四季이다. 청간사계는 예쁘지 않다. 월계는 꽃이 막 필 때 햇볕을 쬐면 꽃받침이 썩어 꽃이 피지 못하므로, 반드시 화분을 그늘에 두어야 한다. 꽃이 피면 곧 밖으로 내놓는다. 사계는 처음에 꽃이 필 때 햇볕을 지나치게 쬐면 색이 짙어지고, 쬐지 않으면 색이 옅어진다. 꽃이 피려고 할 때는 물을 자주 뿜어주어 가지가 건조해지지 않게 한다. 항상 그늘과 햇볕이 교대로 드는 곳에 둔다.

그늘에 오래 두어 뿌리가 상하면 벌레가 갉아 먹은 가루가 가지와 잎에 점점이 눌어붙게 된다. 이것은 사람의 오장육부에 병이 생기면 그 증상이 맥에 나타나는 것과 같다. 이때 치료하지 않으면 가지가 말라 꽃이 피지 않는다. 이런 경우엔 복숭아 가지를 이용해서 깨끗이 털어주고, 복숭아 잎을 개어 발라준다. 그렇게 하고도 처음 상태로 회복되지 않으면, 병든 가지를 잘라버리고 묵은 뿌리를 떼어내어 기름진 흙에 옮겨 심는다. 또 거름 섞은 물을 준다. 아래에서 새로운 뿌리가 자라나면 반드시 위로는 새 가지가 돋아난다. 돋아난 가지에는 곧 꽃받침이 달라붙는다. 하얗게 갉아먹은 자국이 없는데 시간이 지나도 가지가 돋아나지 않는다면 다시 옮겨 심는 것이 좋다.

가지 마디를 서너 치 정도 잘라서 촘촘하게 꺾꽂이를 하여 그늘에 두고 계속해서 물을 주면 하나하나 가지가 난다. 꽃이 피면 작은 화분에 나누어 심고 대臺 위에 올려두고 감상하는 것이 가장 좋다. 또 비옥하고 햇볕이 잘 드는 곳을 택하여 한 자 깊이의 두둑을 만들어 나누어 심고 물을 준다. 한낮에도 계속 물을 주면 반드시 새 가지가 마구 난다. 줄기가 될 만한 길고 큰 것을 골라서 대나무 가지로 조심스럽게 묶어주고, 나머지는 모두 잘라버려야 한다. 계속 이와 같이 하면 몇 년 지나지 않아 큰 나무로 자란다. 아주 따뜻한 곳에 들여놓으면 어린 가지가 돋아나지만, 한기를 만나면 곧 시들어버린다. 질그릇 화분을 사용한다.

대부분의 꽃은 한 해에 두 번 피지 못한다. 그런데 사계화만은 사계절에 걸쳐 화려하게 꽃을 피운다. 꽃을 피우려는 뜻을 잠시도 쉬지 않으니, 성덕聖德의 한없이 진실하고 순수함에 비할 만하다. 오행으로 말하자면 토土[88]가 사시四時에 걸쳐 왕성한 것과 같다. 꽃 키우는 법을 배우려는 사람은 먼저 사계화를 길러야 하는데, 이 꽃이 바로 모든 꽃의 기준指南이 되기 때문이다.

---

88 토는 방위方位로는 중앙, 계절로는 사시에 걸쳐 존재하고, 인륜人倫으로는 군君, 십간十干으로는 무기戊己, 오성五星으로는 토성土星, 오색五色으로는 황黃, 오음五音으로는 궁宮, 오미五味로는 감甘, 오취五臭로는 향香, 오상五常으로는 신信과 짝한다.

나의 고향은 지리산 아래 청천강菁川江[89]가에 있다. 울타리 주위의 대나무 아래에서 사계절마다 활짝 피는 꽃이 모두 사계화인데도, 그곳 사람들은 귀하게 생각하지 않았다. 나는 벼슬살이 수십 년 동안 두꺼운 얼굴로 시류에 따르면서도 끝내 이룬 바가 없었다. 고향 생각이 날 때마다 이 꽃을 보면 마치 고향에 있는 듯 여겨졌다. 내가 화훼를 기를 때 전적으로 이 꽃을 많이 기른 것은 그 성품을 아주 상세히 알고 있기 때문이었다.

---

89 청천은 경상남도 진주晉州의 옛 이름이다. 청천강은 진주시 서쪽에 있는 남강南江의 상류를 말한다.

사계화 월계화

학명
Rosa chinensis

과명
장미과

생육상
낙엽 지는
작은키나무
落葉灌木

원산지
중국

분포지
전국

사진
현대 정원장미의
탄생에 기여한
월계화

월계화는 관상용으로 재배한 역사가 오래된 중국 원산의 장미다. 계절마다 피는 것도 있어 사계화라고 하거나 달마다 계속 핀다 하여 월월개月月開, 월월홍月月紅이라고도 했다. 이외에도 월계月季, 장춘화長春花, 보상화寶相花, 장미薔薇, 매괴화玫瑰花, 월계꽃 등으로 불렸지만 오늘날 한국과 중국에서는 주로 월계화라고 부른다. 오랜 기간 육종되면서 꽃의 형태는 홑꽃, 반겹꽃, 겹꽃이 모두 있고, 이젠 야생 원종과 재배 품종을 구별하기가 쉽지 않다.

나뭇가지는 녹색이며 많은 가시에 둘러싸여 있고, 잎 표면은 짙은 녹색으로 윤기가 흐르는 편이다. 어린잎은 붉은 기를 띤다. 꽃은 때 없이 피기도 하지만 제철은 5월이고, 꽃색은 홍자색紅紫色 또는 연분홍색이 많으나 황색, 백색 등으로 다양하다. 열매는 둥근 모양이고 붉은색으로 익는다.

봄이나 여름에 한 차례 개화하는 대다수 야생 장미와 달리 여러 차례 개화하는 월계화의 특성은 일찍이 장미 육종가들에게 주목받았다. 18세기부터 유럽에 소개되어 기존의 장미 품종과 교배되면서, 사계절 반복 개화하는 현대 정원장미의 탄생에 기여했다. 오랜 옛날부터 선조들의 정원을 화사하게 꾸며주던 월계화는 요즘 주변에서 찾아보기 쉽지 않다. 그렇지만 현대의 장미 품종으로 대를 이어 우리에게 이어지고 있다.

산다화 【흔히 동백이라고 한다.】

山 茶 花【俗名冬栢】

강진 백련사를 둘러싼 천연기념물 동백나무숲.
해마다 봄이면 1,500여 그루에서 떨어진 붉은 동백꽃이 장관을 이룬다.

《남방초목기南方草木記》[90]에서는 "붉은색과 흰색 두 품종이 있다. 또 천엽 품종이 있는데 종류가 너무 많아 일일이 적을 수 없을 정도로, 보주산다寶珠山茶, 누자산다樓子山茶, 천엽산다千葉山茶 등이 있다"라고 하였다.

《격물론》에서는 "산다화에는 몇 가지 품종이 있는데, 보주다寶珠茶·석류다石榴茶·해류다海榴茶는 작은 꽃이 피고, 철쭉다躑躅茶·말리다茉莉茶·궁분다宮粉茶·관주다串朱茶는 모두 분홍색이다. 일넘홍一捻紅과 조전홍照殿紅은 잎에서 차이가 난다"라고 하였다.

양성재의 〈산다시山茶詩〉에서는 "누가 금빛 조粟와 가늘게 뜬 은빛 회膾를 가져다 / 주홍빛 채소 주발 안에 촘촘히 박아두었네 / 이른 봄에는 복숭아와 오얏꽃의 시새움을 받지만 / 추운 겨울엔 눈서리도 침범하지 못하네"라고 하였다.

송나라 현자[91]의 시에서는 "옅은 색은 옥명玉茗이고 짙은 색은 도승都勝이네 / 큰 것이 산다山茶이고 작은 것은 해홍海紅이네[92] / 명예는 실없이 많지만 친구의 도움은 적어 / 해마다 오래도록 눈서리 속에 있네"라고 읊었다.

---

90 《남방초목기》는 찾을 수 없고 비슷한 제목으로는 중국 청나라 때 편집한 《사고전서》에 수록된 《남방초목장南方草木狀》이 있는데, 본문에서 인용한 산다화에 대한 내용은 보이지 않으므로 이와는 다른 책인 것 같다. 《남방초목장》은 중국 진晉나라 혜함嵇含이 편찬한 책으로 풀·나무·과일·대나무草木果竹의 네 항목으로 되어 있으며, 80종의 화목花木이 수록되어 있다. 송나라 이후의 화보花譜와 지지地志는 이 책에서 많이 인용하였다.

91 도필陶弼. 중국 송나라 사람으로 자는 상옹商翁, 시와 문장에 능했다.

92 옥명, 도승, 산다, 해홍 등은 모두 산다화의 품종이다.

🌺 우리나라에서 재배하는 품종은 네 가지뿐이다. 눈 속에서 붉은 홑꽃이 피는 품종을 사람들은 동백冬栢이라고 하는데, 이는 《격물론》에서 말하는 일념홍이다. 봄이 되어서야 분홍 홑꽃이 피는 것은 춘백春栢이라고 하는데, 《격물론》에서 말하는 궁분다와 같은 것이다. 한양에서 기르는 천엽동백千葉冬栢은 《격물론》에서 말하는 석류다와 같은 것이다. 그리고 노란 좁쌀 같은 꽃술金粟이 붙어 있는 천엽다千葉茶가 있는데, 앞에서 말한 보주다이다. 보통 잎이 두툼하고 진한 녹색인 천엽다는 꽃술 하나하나가 작은 꽃碎花처럼 피므로 호사가들이 귀하게 여기지만, 보주다의 아름다움에는 미치지 못한다. 단엽다單葉茶는 잎이 연한 황색과 옅은 녹색으로, 예쁘지 않다. 단엽동백과 춘백은 남쪽 섬에서 잘 자라는데, 그곳 남쪽 사람들은 베어내어 땔감으로 사용하고 열매로는 기름을 짜서 머릿기름으로 사용한다.

한양에서는 열매를 심으면 심은 것마다 가지가 돋아나므로, 작은 화분에 옮겨 심을 수 있다. 매화를 접붙이는 방식대로 천엽동백에 접붙이면, 백 번을 접붙이더라도 백 번 모두 살아난다. 다만 화분이 작으면 쉽게 건조해지므로 물을 자주 주어야 한다. 꺾꽂이를 할 경우 단엽동백은 잘 살아나지만, 천엽동백은 살리기가 대단히 어렵다. 한식寒食[93]을 열흘 남짓 지나서 천엽 가지를 세 치쯤 잘라 빽빽하게 심되, 이전 화분의 흙을 그대로 사용한다. 한 자 정도의 깊이로 구덩이를 파고 화분을 구덩이 안에 넣어둔다. 낮에는 다른 그릇으로 덮어 햇볕을 보지 않게 하고, 밤에는 열어서 이슬 기운을 맞게 하면 반 넘게 뿌리가 난다. 동백 잎은 먼지가 달라붙기 쉬우므로, 천으로 자주 깨끗하게 닦아 광택과 윤기가 나게 한다. 안에 들여놓을 때는 가지와 잎이 다른 것에 닿지 않도록 한다. 춥거나 더울 때는 온도를 적당하게 조절해주고, 사람의 손길이나 불기운火氣도 피해야 한다. 습하거나 건조하지 않도록 물을 주고, 해를 싫어하므로 볕을 쬐면 안 된다. 질그릇 화분을 사용한다.

---

93 동지 뒤 105일째 되는 날이나 그 다음 날로, 대개 양력 4월 초이다. 조상의 산소를 찾아 돌보고 제사를 지낸다. 이날 농가에서는 농작물의 씨를 뿌리기도 한다.

산다화 동백나무

학명
Camellia japonica

과명
차나무과

생육상
늘푸른 큰키나무
常綠喬木

원산지
한국, 중국, 일본

분포지
남부 지방
해안가와
남해안 섬

사진
샛노란 꽃술이
선명한 동백꽃

늘 푸르고 싱싱한 잎 사이로 붉은빛의 꽃잎과 샛노란 꽃술이 너무도 선명해 한번 보면 잊히지 않고 인상에 뚜렷이 남는 꽃이 동백이다. 꽃이 질 때 시들지 않고 송이째 뚝뚝 떨어져 나무 아래 붉게 깔리는 모습은 처연하기까지 하다. 봄꽃을 대표하는 동백은 산다山茶, 산다수山茶樹, 산다과山茶果, 산다목山茶木, 남산다南山茶, 운남다화雲南茶花, 다화茶花, 궁분다宮粉茶, 포주화包珠花, 동백冬柏, 동백棟柏, 동백목冬柏木, 춘椿, 춘학단椿鶴丹, 만다라수曼陀羅樹로도 불렸다.

남부 지방의 해안가, 특히 해남 두륜산, 광양 백계산, 고창 선운사, 서천 마량리 등에 유명한 군락지가 있고, 울릉도, 제주도, 거제도, 거문도, 완도, 진도, 홍도 등의 섬 지방에서도 많이 자란다. 동백나무의 북방한계선北方限界線은 서해의 대청도이며, 그 이상은 자라지 못하지만 분재나 온실 가꾸기를 통해서 거의 전국에 퍼져 있다. 제주도에서는 1월부터 꽃이 피기 시작하고, 완도, 여수, 거제도, 거문도 지역 등 남부 해안가에서는 1월 하순 또는 2월부터, 그 밖의 지역에서는 3~4월 무렵에 꽃이 핀다. 제주도, 거문도 지역에서 피는 꽃을 두고 눈 내리는 겨울에 핀다 하여 동백이라 하는 것인데, 동백꽃은 일찍 피는 것이 아름답고 3~4월에 피는 꽃은 그보다 못하다. 동백은 벌, 나비가 없는 겨울과 이른 봄에 꽃이 피지만, 동박새가 꿀을 따면서 꽃가루받이를 도와 가을이면 열매가 열린다. 동백 열매의 씨에서 짜낸 기름을 동백유冬柏油, 춘유椿油라 하는데 잘 굳거나 변질되지 않아 예전에는 머릿기름으로나 가구를 닦는 데 쓰였다.

나무는 대부분 높이 7미터 안팎이지만 그 이상 크는 것도 있으며, 대개는 작은키나무灌木 모양으로 자란다. 나무껍질樹皮은 회갈색이고 매끄러우며, 어린 가지는 갈색이다. 사철 윤기가 흐르는 도톰한 잎을 달고 있으며, 꽃은 진한 붉은색으로 꽃잎은 다섯 장인데 간혹 일곱 장이 붙는 것도 있다.

우리나라에는 동백나무 외에 애기동백나무*Camellia sasanqua*가 자생한다. 동백나무는 관상용으로 사랑받고 있으며, 원예용 품종으로 흰 꽃, 잡색 꽃, 겹꽃 등 헤아릴 수 없이 많은 종류가 개량되어 나오고 있다.

자미화 【흔히 백일홍이라고 한다.】

紫薇花【俗名百日紅】

한여름이면 담양 명옥헌 일대를 붉게 물들이는 배롱나무숲

《격물론》에서는 "자미화紫薇花는 보통 파양화怕痒花라고도 한다. 나무가 광택이 있고 매끄러우며, 높이는 한 길 남짓이다. 꽃잎은 자주색에 주름이 있고, 반들반들하고 싹처럼 생긴 꽃받침이 있으며, 붉은 줄기에 잎이 마주난다. 4~5월에 처음 꽃이 피는데, 피고 지는 것이 6~7월까지 계속된다. 궁궐 안에서도 많이 심었는데, 이 꽃이 오랫동안 만발하여 사랑할 만하기 때문이다"라고 하였다.

백낙천白樂天[94]은 시에서 "사륜각絲綸閣에서는 일이 끝나 고요한데 / 종고루鍾鼓樓에서는 물시계 소리 길기만 하네 / 해질녘에 홀로 앉아 누구와 함께하려나 / 자미화가 자미랑紫薇郎[95]의 짝이 되었네"라고 노래하였다.

---

94 중국 당나라 태원太原 출신의 문장가로, 낙천은 자이고 호는 섭유옹囁嚅翁이다. 만년에 시와 술에 뜻을 두고 스스로를 취음선생醉吟先生이라고 칭하였다. 향산香山의 승려 여만如滿과 함께 향화사香火社를 결성하여 향산거사香山居士라고도 불렸다. 정교하고 치밀한 문장과 평이한 시를 쓰고자 했나.

95 중국 당나라 관직인 중서사인中書舍人의 별칭을 자미랑이라고도 하였다. 여기서는 자미화가 자신을 아끼는 작가를 맞이한다는 의미인 듯하다.

유우석劉禹錫[96]은 "몇 년이나 단소전丹霄殿 위에 / 금화성金華省을 드나들었던가 / 잠시 상록수를 제쳐놓고 계양령桂陽嶺 위에 핀 꽃을 바라본다 / 자주색 싹이 끈처럼 늘어지고 / 금빛 술이 창 끝鋒穎에 모여 있는 듯한데 / 작약이 핀 뒤에는 감당甘棠[97]만큼이나 사랑을 받는구나 / 요사스런 복사꽃의 자태를 배우지 않은 것은 / 헛된 영화는 순간에 불과하기 때문이네"라고 시를 지었다.

🌸 중국에서는 궁궐 안에 이 꽃을 많이 심어 옛날 문사文士들이 이에 관한 글을 짓고 시를 읊곤 했다. 우리나라의 궁궐에서는 이 꽃을 본 적이 없고, 작약 몇 그루만 있을 뿐이다. 영남 근해의 여러 군과 촌락에서 많이 심는다. 다만 (영남의) 기후 때문에 개화가 조금 늦어져, 5~6월에 처음 피어서 7~8월에 멈춘다. 비단처럼 곱고 노을처럼 아름답게 정원을 비추어 눈을 현란하게 한다. 풍격風格이 최고로 아름다워 한양에 있는 공후公侯의 저택에서는 백일홍百日紅을 뜰에 많이 심어 높이가 한 길이 넘는 것도 있었다. 근래에는 영북嶺北, 조령의 북쪽,

96 중국 당나라 사람으로 자는 몽득夢得이다. 지방 민요를 향상시키기 위해 지은 〈죽지사竹枝詞〉 등이 당시 사람들에게 널리 애창되었다. 만년에는 평온한 생활을 하는 한편 시 짓기에 전념하여, 백낙천과 친하게 지내며 많은 시를 주고받았다.
97 팥배나무. 중국 주나라 소공召公의 선정善政에 감격하여 백성들이 그가 쉬었던 팥배나무를 소중히 여겼다는 '감당지애甘棠之愛'라는 고사에서 온 말이다.

지금의 충청북도 이북 지역의 기후가 매서워서 대부분 얼어 죽었다. 다행히 호사가의 보호를 받아 겨우 죽음을 면한 것이 열에 한 둘 정도이니 매우 애석하다. 장맛비가 내릴 때 꺾꽂이를 하여 그늘진 곳에 두면 금방 새 가지가 자라나는데, 해장죽으로 지탱하여 백양류처럼 만들면 아름답다. 안에 들여놓되 덥지 않게 하고, 마르지 않도록 물을 준다. 질그릇 화분을 사용한다.

세상 사람들은 꽃의 이름과 품종에 대해 잘 몰라서 산다山茶를 동백이라 하고, 자미紫薇는 백일홍, 신이辛夷, 목련는 향불向佛, 매괴玫瑰는 해당海棠, 해당은 금자錦子라고 한다. 같고 다름을 구별하지 못하고 참과 거짓을 혼동하는 것이 어찌 꽃의 이름뿐이겠는가. 세상의 일이 모두 이와 같다.

자미화 배롱나무

학명
Lagerstroemia
indica

과명
부처꽃과

생육상
낙엽 지는 큰키나무
落葉喬木

원산지
중국

분포지
중부 이남

사진
한번 피면
100일을
간다고 하는
배롱나무의 꽃

100일 동안 꽃이 붉다 하여 백일홍이라 하며, 풀꽃에도 백일홍이라는 같은 이름의 꽃이 있기 때문에 이를 구별하느라 목木백일홍이라고도 한다. 옛 궁궐 안이나 조상의 묘소, 정자나 향교 또는 절집 뜰에 주로 심었는데, 요즘에는 남부 지방에서 가로수로도 심고 있다. 자미, 파양화怕痒花, 양양수痒痒樹, 양양화痒痒花, 백일홍, 백양수百痒樹, 자미목紫薇木, 자형화紫荊花, 만당홍滿堂紅, 해당수海棠樹, 자금화紫金花, 목백일홍, 간질나무, 간지럼나무 등으로 불린다.

높이는 5미터 안팎이며, 중부 이남 지방에서 잘 자라고, 원줄기는 연한 홍자색으로 매끈한데 껍질이 벗겨지면 흰색이 나타나 전체적으로는 알록달록해 보인다. 가지가 많고 어린 가지는 네모지다. 암수한꽃으로 7~9월에 짙은 분홍색으로 피며, 꽃잎은 여섯 장이고 주름이 많다. 꽃 하나에 수술이 서른에서 마흔 개가 달리는데, 그중 암술 하나가 길게 자란다. 10월 무렵에 둥근 타원형의 열매가 익는다. 흰 꽃이 피는 것을 흰배롱나무*Lagerstroemia indica* for. *alba*라고 하는데, 붉은 꽃에 비해 드물다. 근래에는 개량종들이 더러 나와 품종이 많아졌는데, 그 아름다움은 옛것에 훨씬 못 미친다.

부산 양정동 정문도공鄭文道公의 묘소 앞에 있는 800년 된 배롱나무와 담양의 명옥헌鳴玉軒 원림의 배롱나무숲이 보기 좋다.

일본 철쭉화

日 本 躑 躅 花

나지막한 담장 아래 화려한 꽃을 피운 영산홍.
일본 철쭉의 또 다른 이름이다.

❀ 우리 주상 전하^{세종} 재위 23년¹⁴⁴¹ 봄에 일본에서 철쭉 화분 몇 개를 바쳤다. 주상께서는 이것을 뜰에서 기르도록 명하셨다. 꽃이 피면 홑꽃으로 매우 컸다. 빛깔은 석류와 비슷하고 꽃받침은 겹겹이며, 오랫동안 지지 않았다. 자주색이고 겹꽃인 우리나라의 품종과 아름답고 추함을 비교하면, 모모嫫母와 서시西施⁹⁸의 차이보다 심했다. 임금께서 즐겁게 감상하시고, 상림원上林園⁹⁹으로 보내어 나눠 심도록 명하셨다. 바깥사람들에게는 알려지지 않아 일본 철쭉을 얻은 사람이 없었다. 나는 운 좋게도 주상과 친척 관계였으므로,¹⁰⁰ 일가의 어른으로부터 뿌리를 약간 얻을 수 있었다.

이 품종의 습성을 몰랐으므로 화분에도 심고 땅에도 심어 시험하였다. 땅에 심은 것은 얼어 죽었으나, 화분에 심은 것은 별 탈이 없었다. 몇 년 사이에 가지가 점점 번성하더니 4~5월에는 다른 꽃들이 시드는 속에서도 호방하고 요염한 자태가 붉은 비단처럼 빛났으므로, 누추한 나의 집에서 감상할 만한 것이 아니었다. 손님이 오면 화분 하나를 내어 보여주었지만, 누구도 무슨 꽃인지 알지 못했다.

---

98 모모는 중국 삼황오제三皇五帝 시대 황제黃帝의 네 번째 비로, 못생겼다고 전해진다. 서시는 중국 오나라의 군주였던 부차夫差가 사랑한 애첩으로, 미인이었다고 한다. 미인과 박색薄色의 여인을 두고 비유할 때 쓴다.
99 조선 초기에 궁중 정원을 관리하던 부서이다.
100 세종과 강희안은 이질姨姪, 즉 이모부와 처조카 사이였다.

아아! 동해 멀리 살고 있는 섬 오랑캐와 한양과의 거리는 만여 리[1]나 되니, 임금의 교화가 동쪽으로 뻗치지 못했다면 그들이 어떻게 푸른 바다를 건너 공물을 바치러 와서 이 꽃을 올릴 수 있었겠는가. 한나라에서 사신장건을 머나먼 서역西域으로 파견하여 18년 만에 겨우 석류를 얻어온 것과는 비교도 되지 않는다.

안에 들여놓을 때는 덥게 해서는 안 되며, 물을 주되 습하지 않게 해야 한다. 가지를 굽혀 서향화를 접붙이는 방식대로 지접地接, 63쪽 참고한다. 질그릇 화분을 사용한다.

일본
철쭉화

영산홍

학명
*Rhododendron
indicum*

과명
진달래과

생육상
낙엽 지는
늘푸른 작은키나무
半常綠性灌木

원산지
일본

분포지
중부 이남

사진
수술이 다섯 개인
영산홍

늦봄부터 한여름까지 가로수나 공원의 정원수로 현란한 진홍빛을 내뿜는 키 작은 꽃나무를 흔히 볼 수 있는데, 대부분 영산홍이다. 본문에서는 일본 철쭉이라 하였는데, 그 밖에 두견화杜鵑花, 홍색두견화紅色杜鵑花, 왜철쭉, 오월철쭉 등으로도 부른다.

　영산홍은 높이 80센티미터 안팎으로 자라며, 잎이 완전히 떨어지지 않고 일부는 남아서 겨울을 난다. 꽃의 모양과 색이 진달래나 산철쭉과 비슷하여 혼동하기 쉽다. 진달래는 잎보다 먼저 꽃이 피지만, 영산홍은 새잎과 함께 꽃봉오리가 맺혀 꽃을 피운다. 깔때기 모양의 꽃은 끝으로 가면서 다섯 갈래로 갈라지며, 암술 하나와 그를 둘러싼 수술 다섯 개가 꽃 밖으로 길게 나와 있다. 분재용으로 많이 쓰며, 온실에서 재배하는 원예종은 개화 시기花期를 조절할 수 있기 때문에 계절에 관계없이 꽃이 핀다. 야외에 있는 것은 5월부터 8월 무렵까지 꽃을 피운다. 품종이 수없이 개량되어 붉은 꽃 외에도 분홍색, 흰색 등 다양한 꽃을 볼 수 있다.

귤나무

橘 樹

지금은 사철 내내 흔히 먹을 수 있지만,
옛날에는 아주 귀한 과일이었던 귤

《서경書經》의 〈우공禹貢〉[101]에서는 "보따리에 귤과 유자를 담는다"라고 하였다. 중국 양주揚州에서 생산되는데, 봄에 꽃이 피어 겨울에 열매를 맺는다. 껍질은 향긋하고 맛이 좋다. 〈화식전〉에서는 "(중국의) 강릉江陵에 귤나무 천 그루를 가진 사람은 천 호千戶의 제후와 같다"라고 하였는데, 그 이익을 말한 것이다.

굴원屈原[102]은 〈귤송橘頌〉에서 "층층이 뻗은 가지와 날카로운 가시에 / 둥글둥글한 과일이여! / 푸르고 노란 것이 어지럽게 섞여 / 화려한 무늬를 이루는구나"라고 하였다.

유주柳州, 유종원의 시에서는 "귤과 유자는 좋은 바탕을 가지고 / 따뜻한 남쪽에서 살도록 천명을 받았네 / 빽빽한 숲에서 녹색 바탕에 구슬처럼 빛을 내며 / 늦은 겨울에 남은 향기를 퍼뜨리네"라고 하였다.

《본초》에서는 "오랫동안 복용하면 냄새가 없어지며, 기운이 가라앉는다. 또한 정신이 맑아지며 몸이 가벼워져 수명이 연장된다"라고 하였다.[103]

---

101 《서경》하서夏書의 편명이다. 10년 동안 우禹 임금이 구주九州를 순시하고, 경계를 바르게 하며, 산과 못을 건너고, 강과 하천을 소통시켜 수리水理, 산천도리山川道里의 멀고 가까움, 물산物産의 많고 적음을 보고하여 천하의 조세공부법租稅貢賦法을 정한 내용이다. 중국에서 가장 오래된 지리서이다.

102 굴평屈平. 중국 전국시대 초나라의 우국지사이자 시인으로, 자는 원原이고 호는 영균靈均이다. 초사楚辭로 불리는 운문의 형식을 처음 시도하였다. 그의 시는 고대의 문학으로는 드물게 서정성을 띤다. 〈어부사漁父詞〉 등 여러 편을 지어 자신의 뜻을 표현하였다.

103 《신농본초경》 권23 〈귤유橘柚〉에 보인다.

《사림광기》에서는 "귤나무를 재배할 때는 마땅히 죽은 쥐를 오줌독 안에 빠뜨려야 한다. 죽은 쥐가 다시 떠오른 후에 이것을 귤나무 뿌리 근처에 묻으면 이듬해에 반드시 무성해진다.《열반경涅槃經》[104]에서는 '귤나무에 쥐를 묻으면 열매가 많이 달린다'라고 하였다. 12월 안에 귤나무의 뿌리를 가져다가 쟁반같이 넓게 화분을 만들어 똥을 세 차례 주고, 봄에 물을 두 차례 주면 꽃과 열매가 반드시 무성해진다"라고 하였다.[105]

🍁 굴원은 "(귤이) 부여받은 천명을 지켜 옮겨 살지 않고 남국에서 자란다"라고 하였고, 안자晏子는 "귤이 강북에서 자라면 탱자가 된다"[106]라고 하였다. 사람들은 이 말을 모두 믿었고 나 역시 거짓이라고는 생각하지 않는다. 나는 배운 것이 거칠고 얕지만, 대죄하면서 옥당玉堂[107]에서 몇 년 동안 근무하였다. 주상께서는 고상한 유자儒者를 좋아하셔서 특별한 날令辰마다 좋은 술을 주시며 총애하셨다. 계해년癸亥, 세종 25(1443) 섣달 그믐날 밤에 여러 유자가 모여 밤새도록 술을 마시고 얼큰

---

104 석존釋尊이 입멸入滅할 때, 가섭迦葉 등 제자의 질문에 대해 일승불성一乘佛性의 신묘한 진리를 설법한 것을 기록한 불경이다.

105 《거가필용사류전집》무집 과목류〈귤나무를 심는 법種橘法〉에서 거의 그대로 인용했는데,《사림광기》에서 인용했다고 되어 있지는 않다.

106 《안자춘추晏子春秋》내편內篇〈잡하雜下〉에서는 "귤나무가 회수 남쪽에서 자라면 귤이 되고, 회수의 북쪽에서 자라면 탱자가 된다橘生淮南則爲橘 生淮北則爲枳"라고 하였다. 중국의 회수淮水, 양자강 상류 남쪽에서 자라는 귤을 강의 북쪽으로 옮겨 심으면 귤보다 못한 탱자가 된다는 것으로, 환경에 따라서 성질이 변한다는 것을 의미한다. 좋은 여건을 가진 사람들이 자신들과 다른 지역의 척박한 환경이나 문화를 비하하는 의미로도 쓴다.《안자춘추》를 쓴 안영晏嬰은 중국 춘추시대 제나라의 재상으로, 흔히 안자라고 부른다.

107 홍문관弘文館을 달리 부르던 말이다. 홍문관은 조선시대에 궁중의 경서經書, 사적史籍, 문서를 관리하고 왕이 자문하던 관청이다.

하게 취하였는데, 주상께서 시종에게 명하여 노란 귤을 몇 개의 쟁반에 담아 내리셨다. 나도 수십 개를 얻어 집에 돌아와 부모님께 드린 뒤 씨를 두세 화분에 심었다. 봄이 끝날 무렵에 줄기와 가지, 잎이 모두 돋아나 남국에서 자라는 것과 전혀 차이가 없었다. 서리와 눈이 내리더라도 두꺼운 잎은 짙푸르고, 미풍이 한번 지나가면 향 또한 그치지 않았다. 한 발짝도 나가지 않아도 동정洞庭, 중국 호남성의 호수의 빼어난 경치가 그 속에 완연하였다.

'천명을 지켜 옮겨 살지 않는다'라는 말과 '강북으로 가면 탱자가 된다'라는 말이 어찌 꼭 그렇다는 것이겠는가. 아마도 남과 북의 풍토가 각각 다르다는 것을 말했을 뿐인 듯하다. 다만 이 나무의 뿌리는 매우 잘 뻗어서 화분 하나로는 감당하기 어렵다. 또 약 20년이 지나야 열매를 맺기 때문에, 북쪽 지역 사람들은 안에 들여놓을 수가 없어서 곧바로 땅에 심어 결국 뿌리를 얼게 한다. 만약 해마다 뿌리를 잘라내어 너무 뻗어나가지 않게 하고 옛 방법대로 쥐를 묻어 오랜 시간을 보낸다면 어찌 열매를 맺지 않겠는가. 다만 그들의 인정이 가볍고 천박하여 오래 기다리지 못하는 것이 한스러울 뿐이다.

고려 학사學士 이인로李仁老[108]는, "궁궐 문金闕에서 어화원
御花園으로 가다 보면, 한 길 정도 높이의 귤나무에 열매가 매
우 많이 달려 있었다. 정원의 관리園吏에게 내력을 물어보니,
'남주南州[109] 사람들이 바친 것인데, 아침마다 소금물로 뿌리를
기름지게 하니 무성해졌습니다'라고 대답하였다. 아! 풀과 나
무는 무지한 사물에 불과하지만, 물을 충분히 주고 잘 재배하
면 이처럼 무성해진다. 하물며 군주가 신하를 등용하면서 멀
고 가깝거나 친하고 소원한 것을 따지지 않고 은혜와 사랑으
로 관계를 맺어 녹봉과 벼슬을 주면서 기른다면, 어찌 충성을
다해 나라를 보위하지 않겠는가"라고 하고, 〈귤 시橘詩〉 열두
운을 지었다.[110] 대체로 귤이 강북에서 자라도 그 본성을 잃지
않는다는 것을 이학사의 말을 보면 더욱 확실히 알 수 있다.
그의 말 역시 나라를 다스리는 데 보탬이 되므로 함께 싣는다.

귤나무에는 각청충角青蟲이란 벌레가 많이 생긴다. 이 벌레
는 귤잎을 잘 먹기 때문에 떼어내어 묻어야 한다. 안에 들여놓
되 덥지 않게 하고, 마르지 않게 물을 준다. 질그릇 화분을 사
용한다.

---

108 고려 때의 문신1152~1220으로, 처음 이름은 득옥得玉, 자는 미수眉叟이고, 호는 쌍명재雙明齋,
본관은 인주仁州이다. 시와 술을 즐겼으며, 문장과 글씨가 뛰어났다.
109 고려 문종 6년1052에 "탐라국에서 세공歲貢으로 바치는 귤의 양을 100포包로 바꾸어 정하
였다"고 기록되어 있는 것《고려사》 권7, 문종 6년 3월을 보면, 당시 제주도에서 귤을 생산하여 공물
로 바치고 있었음을 알 수 있다.
110 《파한집破閑集》 권하卷下에 보인다.

귤나무

학명
Citrus unshiu

과명
운향과

생육상
늘푸른 중간키나무
常綠小喬木

원산지
중국, 일본

분포지
제주도, 남부 지방

사진
향기가
강할 뿐만 아니라
꿀도 많은 귤꽃

요즘은 '하우스 감귤'이라 하여 사철 내내 귤을 먹을 수 있지만, 예전에는 무척 귀한 과일로서 왕이 신하에게 하사하는 별식이었다.

귤나무는 높이 5미터 안팎으로 자라며, 가지에는 가시가 없다. 잎은 끝이 뾰족하고 넓은 타원형으로 도톰하고 윤기가 있으며 어긋나게 달리는데 늘 푸르다. 꽃은 6월 무렵에 흰색으로 피고 향기가 강하다. 꽃받침과 꽃잎은 각각 다섯 장이고, 수술 스무여 개와 암술 하나가 있다. 열매는 둥글납작扁球形하고 지름이 3~4센티미터이며, 10월에 품종에 따라 등황색橙黃色이나 황적색黃赤色으로 익는다. 겉껍질은 매끄럽고 윤이 나는데, 말린 겉껍질을 한방에서는 진피陳皮라고 한다. 껍질果皮과 열매의 속살果肉이 잘 떨어지며, 시고 달콤한 즙이 많다. 삼국시대 때부터 들어와 우리에게 매우 익숙한 과일이다. 온길溫桔, 길자桔子, 감자목柑子木, 온주밀감溫州蜜柑 등으로도 부른다.

귤나무와 비슷한 나무로는 당귤나무唐橘木, *Citrus sinensis*가 있다. 잎은 넓은 타원형이고, 열매는 거의 둥글거나 타원형이며, 열매 속이 꽉 찬 것은 다르지만 귤과 같이 흔하게 먹는다. 귤나무는 중부나 북부 지방 같은 곳의 야외에서는 겨울을 나지 못하기 때문에 온실에서 재배해야 한다.

석창포

石菖蒲

분경에 자주 쓰이던 석창포.
쓰다듬으면 싱그러운 향내가 난다.

《격물론》에서는 "창포菖蒲는 창촉昌歜이라고도 하는데, 연못과 늪에서 자란다. 뿌리는 꼬불꼬불하게 엉키고 마디가 있으며 모양이 말채찍 같은데, 한 치에 아홉 마디가 있는 것이 좋다. 지금은 뿌리와 싹이 가느다란 품종을 석창포石菖蒲라고 한다"라고 하였다. 뿌리가 큰 것은 창양昌陽인데, 먹을 수는 없다. 퇴지退之[111]가 "창양은 수명을 연장시킨다"라고 한 것은, 창양을 창포로 잘못 생각한 것이다.

《본초》에서는 "오래 복용하면 몸이 가벼워지고 귀와 눈이 밝아지며, 잘 잊어버리거나 미혹되지 않고 수명이 연장되며, 심지心智를 풍부히 하고 뜻을 높이며 늙지 않는다"라고 하였다.[112] 요구堯韭라고도 한다.

〈창포를 기르는 법養菖蒲法〉에서는 "창포를 기를 때는 몇 년 동안 도랑에 담갔던 기와를 가루로 만들어 뿌려준다"라고 하였다.[113] 또 "처음에는 둥근 돌圓石 위에 심었다가 다시 호석好石 위에 심으면 잎이 가늘어진다"라고 하였다.

111 한유韓愈. 중국 당나라 남양南陽 사람으로, 퇴지는 자이다. 창려백昌黎伯에 추봉追封되어 한창려라고도 부른다. 형식에 치중하는 변려문駢儷文을 배척하는 고문운동古文運動을 펼쳤으며, 당송팔대가의 첫째로 꼽힐 정도로 문장을 잘 지었다.

112 《증류본초》 권6 〈창포〉와 《신농본초경》 권6 〈창포〉에 보인다.

113 《거가필용사류전집》 무집 화초류 〈창포 기르기養菖蒲〉에서 인용했다.

〈꽃에 물을 주는 법〉에서는 "석창포는 뿌리를 씻어주는 것을 좋아하므로, 자주 씻어주면 잎이 가늘어져서 자태가 빼어나게 된다. 하지만 연기를 매우 싫어한다. 인가人家에서 신이나 부처에게 공양할 때 창포를 많이 놓는데, 향 연기를 쐬면 모두 문드러져 죽게 된다"라고 하였다.

또 "바위틈에서 나오는 샘물이나 빗물을 사용해야 하고, 우물물이나 하천의 물은 사용해서는 안 된다. 기름기나 때로 더러워진 경우가 아니면 물을 갈아줄 필요가 없다. 밤에는 밖에 내놓고, 아침에 해가 뜨면 안에 들여놓아야 오래간다. 어떤 이들은 '항아리에 빗물을 받아 사흘이나 닷새 정도 두었다가 한 차례 바가지로 다른 항아리에 옮겨 불순물을 제거한다. 이와 같이 세 차례에서 다섯 차례 정도 반복하여 물이 맑아지면, 자주 바꾸어가면서 적셔준다'"라고 하였다.

❀ 창촉은 주周나라의 문왕文王이 즐겨 먹었을 뿐 아니라 후세의 명사名士와 시를 즐기는 승려들도 매우 사랑하여 이에 관한 노래들을 지어 읊었다. 소동파蘇東坡, 소식는 "창포는 사람들 몰래 돌멩이 흩어진 도랑에서 자라네 / 높은 산 속 서리와 눈에 시달려 누런 잎 펴지 못하나 / 아래로는 천년 묵은 뿌리가 교룡처럼 서려 있네 / 오랫동안 신령스런 귀신이 보살펴주니 / 덕이 얇은 사람이 어찌 욕심을 낼 수 있으리"라고 읊었다.

사첩산謝疊山[114]의 노래에서는 "기이한 뿌리는 속세의 때가 묻지 않고 , 고고한 절조는 샘물가의 바위와 사랑으로 맺어 맹세한 듯 , 밝은 창 깨끗한 탁자와는 오랜 약속이 있었으나 , 꽃핀 숲과 풀 자란 섬돌과는 사귈 마음이 없었지"라고 하였다.

삼요參寥[115]의 노래頌에서는 "차가운 시냇가 모래자갈 깔린 도랑가 , 신비한 싹이 돋아나 울창하게 아름답네 , 아름다운 군자가 캐어 돌아오니 , 무늬 새겨진 돌과 짝을 이루어 , 맑은 잔물결을 머금고 있네 , 아홉 마디 서린 뿌리는 서리나 눈이 내려도 시들지 않으니 , 고요한 서재에 두고 언제까지나 좋아하리라"라고 하였다.

이로써 미루어본다면 만물은 같은 부류끼리 어울리고 기가 같아야 친해지는 것이니, 석창포가 고상한 사람들의 사랑을 받는 것은 당연하다.

이른 봄에 가는 잎이 돋아난 얽힌 뿌리를 캐어 잔뿌리를 잘라내고, 괴석 아래 나란히 두되 잔돌로 틈새를 채운다. 옛 방식대로 바위틈에서 나오는 샘물을 주어 물에서 악취가 나지 않게 하면 자연스레 뿌리가 자라서 돌 위에 구불구불 서린다. 또 다른 그릇에는 시냇가 둥근 돌을 담아 그 위에 여덟아홉 뿌리를 심고 물을 자주 갈아주면 무성해진다. 글 읽는 밤에 책상 위에 놓아두면 등불의 그을음을 흡수하므로, 눈을 따갑지 않게 하는 데 가장 좋은 방법이다. 다만 물에 잠기는 것을 싫어

---

114 사방득謝枋得. 중국 송나라 말엽의 충신으로, 자는 군직君直이고 첩산은 호이다.
115 도잠道潛. 중국 송나라 승려로서 삼요자參寥子는 별호別號이다. 소식蘇軾, 진관秦觀 등과는 함께 시를 짓는 벗이었다.

하여 잠긴 채로 오래되면 잎이 점점 길어져 서대書帶[116]처럼 된다. 섬돌에 심어 물 기운을 흡수하지 않은 것이라야 잎이 가늘되 길어지지는 않는다. 안에 들여놓을 때 너무 덥게 하여 시들게 해서는 안 된다. 정로鼎鑪[117]로는 자기를 쓴다.

　근년에 일본에 사신으로 파견된 저명한 재상이 서방사西方寺에 도착하여, 한 노승을 만나 마루에서 잠시 쉬고 있었다. 노승이 사미승에게 바다소라海螺 하나를 가져오게 하여 재상에게 소라 등을 보여주었다. 거기에는 용과 뱀이 꾸불꾸불하게 서려 있는 듯한 물건이 여러 겹으로 얽혀 있었고, 그 사이에는 바늘처럼 가느다란 수염 같은 것이 있었다. 자세히 보니 바로 창포였다. 용이나 뱀처럼 보였던 부분은 뿌리였고, 바늘처럼 생긴 부분은 잎이었다. 재상이 매우 특이하게 여겨 노승의 뜻을 살피려고 농담 삼아 말하였다. "이 기이한 보물을 주셔서 우리 행차를 빛나게 해 주십시오." 노승이 대답하였다. "수백 년 동안 자라서야 겨우 이렇게 되었는데, 만약 속세로 나간다면 반드시 말라 죽을 것입니다. 이것은 신령스런 것입니다." 그러고는 원래 있던 자리에 다시 두게 하였다. 어쩌면 그렇게 기괴할 수가 있을까? 그것은 세상의 창포와는 완전히 다른 것이었다. 처음으로 이를 기록하여 알아주는 이가 나타나기를 기다린다.

---

116 항상 푸른빛이며, 잎의 길이가 한 자나 넘는 여러해살이풀이다.
117 본래 도사道士들이 연단煉丹에 사용하는 솥과 화로이다. 여기서는 창포를 심는 용기를 표현한 것이다.

석창포

학명
Acorus gramineus

과명
천남성과

생육상
여러해살이풀
多年生草本

원산지
한국

분포지
전국의 산지

사진
초여름에 피는
석창포 꽃

수창포水菖蒲, 석창石름, 돌창포 등으로 불리는 석창포는 산골짜기의 냇가 바위틈에서 난다. 뿌리줄기根莖가 옆으로 뻗으면서 마디가 많이 생기고, 밑부분에 수염뿌리가 돋아난다. 땅속으로 들어간 뿌리줄기는 마디 사이가 길고 흰색이며, 지상으로 나온 것은 마디 사이가 짧고 녹색이 돈다. 잎은 모여 나는데 길이는 30~50센티미터, 너비는 2~8밀리미터이다. 6~7월 무렵에 높이 10~30센티미터 정도로 자라는 꽃줄기花莖의 끝부분에 연한 황색 꽃이 벼 이삭처럼 빽빽하게 모여 달리며, 9월에 열매가 익는다. 한방에서는 뿌리줄기를 진통, 진정, 건위健胃 등의 약으로 쓰며, 목욕할 때 향료로도 썼다.

같은 무리인 창포菖蒲, *Acorus calamus*는 제주도를 비롯한 전국 각지의 들녘이나 논둑 밑 도랑가, 연못 등지의 물가에서 자라는데, 높이가 70센티미터 안팎으로 훨씬 큰 것이 석창포와 다르다. 석창포와 마찬가지로 풀 전체에서 향이 많이 나는 식물로서 뿌리를 건위제 등을 비롯한 약용이나 관상용, 공업용으로 쓰며, 단오절에 잎과 뿌리를 삶아서 그 물로 머리를 감아온 풍습이 있다. 이러한 풍습은 점점 사라지고 있지만, 식물 자체가 희귀해진 것은 아니다.

석창포는 돌에서 잘 자라고, 창포는 물에서 잘 자란다. 이 때문에 돌창포, 석창포라 이름 붙었고, 괴석이나 분경盆景에 애용됐다.

괴석

怪 石

창덕궁 한정당 뜰 앞에 놓인 괴석

《서경》의 〈우공〉에서는 "청주靑州[118]에서 괴석을 공물로 바쳤다"라고 하였다. 《물리론物理論》[119]에서는 "흙의 정기가 모여 돌이 된다. 돌은 기가 뭉친 덩어리이다. 기가 돌을 만들어내는 것은 사람의 근육과 경락이 손발톱과 치아를 만들어내는 것과 같다"라고 하였다. 《박물지博物志》[120]에서는 "돌을 뼈로 삼는다"라고 하였다. 《두양잡편杜陽雜編》[121]에서는 "무종武宗 회창 원년會昌元年, 841에 아라비아大食國에서 한 길 되는 송풍석松風石을 바쳤는데, 옥같이 맑고 투명하였다. 그 안에 있는 나무 모양이 말라붙은 소나무나 접혀 있는 일산과 같았으며, 일산에서 스산하게 바람이 일어나는 듯하였다. 한여름이 되자 주상께서 명하여 전각 안에 갖다놓게 하였는데, 점차 가을바람이 스산하게 불었다"라고 하였다.[112]

---

118 청주는 중국 하나라의 전국적인 행정 단위였던 구주九州의 하나로서, 지금의 산동반도 지역이다.

119 중국 진晉나라 양천楊泉이 진한秦漢의 여러 설을 모아 편찬한 책이다.

120 중국 진晉나라 때 편찬된 백과사전적인 책. 지리략地理略, 지地, 산과 물山水, 오방인민五方人民, 물산物産, 외국外國, 이인異人 등으로 갈래를 나누어 수록했다. 구본舊本에는 진나라의 장화張華가 편찬한 것이라고 되어 있으나, 실제로는 원본이 흩어져서 후대 사람이 여러 책에서 장화가 쓴 문장을 채집하고 다른 설을 섞어서 엮은 것이다.

121 중국 당나라 소악蘇鶚이 당의 대종代宗부터 의종懿宗에 이르기까지 10대조의 일을 기록한 책이다.

122 《두양잡편》 원문에는 "가을바람이 불어오자 곧 없애버리라고 하였다"라고 되어 있는데, 이 부분이 생략되었다. 송풍석이 시원한 느낌을 주어 한여름에는 궁궐 안에 갖다놓게 하고, 가을에 찬바람이 불면 치우라고 한 것 같다. 그리고 《두양잡편》에는 '대식국'이 아니라 '부여국夫餘國'으로 되어 있다.

이덕유李德裕[123]가 자손들을 경계시키며 말하기를, "평천平泉[124]의 나무 하나 돌 하나라도 다른 사람에게 주는 놈은 제대로 된 내 핏줄이 아니다"라고 하였다.

《석림연어石林燕語》[125]에서는 "미불米芾[126]이 음석音石[127]을 좋아하였는데, 무위군無爲軍[128]의 지사知事가 되어 고을 관아에 들어가 기이한 돌이 세워진 것을 보고 말하기를, '이것은 내가 절할 만한 돌이다'라고 하고는 '석장石丈, 돌을 높여 이른 말'이라고 불렀다"라고 하였다.

〈꽃을 심는 법種花法〉에서는 "만약 돌 위에 이끼가 생기게 하려면, 꿀을 갠 진흙과 말똥을 적당하게 잘 섞어서 습한 곳에 두면 오래지 않아 생겨난다"라고 하였다.[129]

---

123 중국 당나라 사람으로 자는 문요文饒이다. 그의 서실書室을 가리켜 정사정精思亭·기초원起草院·평천장平泉莊이라고 하였다.

124 이덕유의 서실이자 별장 이름이다. 평천은 중국 하남성 낙양현의 남쪽인데, 평천장은 낙성洛城과 30리 정도 떨어져 있었다고 한다.

125 중국 송나라 섭몽득葉夢得이 당시의 관제과목官制科目에 대해서 상세하게 기록한 책이다.

126 중국 북송의 화가이자 서예가로서 자는 원장元章이다. 산수인물화에서 일가를 이루어, 선線을 사용하지 않고 먹의 번짐과 농담만으로 그리는 미법산수米法山水를 창시했다. 글씨는 초서와 행서에 능했으며, 송나라 사대가四大家의 한 사람으로 꼽힌다.

127 경석磬石이라고도 한다. 가볍고 고음을 내는 옥이나 돌을 말하는데, 악기로 널리 사용되었다. 악기로 쓸 때는 기역자 모양으로 다듬었다.

128 중국 안휘성安徽省 여강현廬江縣 동쪽에 있던 현의 이름이다.

129 《거가필용사류전집》무집 화초류 〈창포 기르기〉에 이 구절이 보인다.

❀ 내가 괴석에 대하여 살펴보니, 모두 호수나 바다에서 나온다. 당나라의 장벽張碧[130]이 쓴 시에서는, "쓸쓸한 자태로 몇 조각 기이하고 우뚝하네 / 일찍이 가을 강과 물의 뼈대가 되었으니 / 선생괴석은 분명 바람과 우레를 압도하며 / 못가에 붙어 용의 굴을 막아서겠지"라고 하였다. 오융吳融[131]의 시에서는, "동정산洞庭山 아래 호수 물결은 파란데 / 물결 속 오랜 세월 괴석이 생겼네 / 천 길 철끈으로 건져 오니 / 용 모양의 괴이한 형상을 그 누가 알아보겠는가"라고 하였다. 이 시들을 통해서 보더라도 괴석이 산의 바위에서 나는 것이 아님을 알 수 있다.

그러나 우리나라에서 감상하는 여러 종류의 괴석들은 모두 산에서 채취한다. 개성 남쪽 이십여 리쯤에 경천사敬天寺[132]가 있는데, 절 북쪽 삼사 리쯤 되는 곳에 괴석이 많다. 돌의 색은 짙푸르다. 뾰족뾰족한 봉우리나 길고 험한 낭떠러지에 구름과 벼락을 품은 듯한 형상으로 숨겨져 있다. 정로에 두면 물을 돌 꼭대기까지 빨아올려 한낮이라도 마르지 않고, 이끼가 무늬를 이루는 모습이 침수향沈水香, 향나무과 똑같아서 보통 침향석沈香石이라고 하는데 정말 세상에 둘도 없는 보물이다. 신계현新溪縣, 황해도 신계군 지역에서 나는 것은 돌의 결이 가늘고

---

130 중국 당나라 사람으로, 자는 태벽太碧이다. 이백의 시풍을 추종하였으며, 고풍古風의 시를 주로 지었다. 저서에 《장벽가시집張碧歌詩集》이 있다.
131 중국 당나라 사람으로 자는 자화子華이다. 저서에 《당영가시唐英歌詩》가 있다.
132 경기도 개풍군開豊郡 부소산扶蘇山에 있던 절로, 고려 초에 창건되었을 것으로 추정된다. 조선 초까지 유지되다가 언제 폐사廢寺되었는지는 알 수 없다. 경내에 있던 십층석탑은 고려 충목왕 4년1348에 축조된 것으로, 대리석으로 섬세하게 조각되어 있다. 일제강점기 때 일본으로 옮겨졌다가 돌아왔다. 국보로 지정되어 서울 경복궁 내에 안치되어 있다가, 지금은 국립중앙박물관 상설전시관 역사의 길에서 전시 중이다.

연하여 물이 위로 올라가지 못하고, 안산군安山郡, 지금의 시흥 또
는 안산 지역에서 나는 것은 황적색으로 흙색이 많이 나니, 모두
아름답지 않다.

　세상 사람들은 사물에 밝지 않아서 침향석을 얻으면 우묵
한 구멍을 파서 앞과 뒤를 관통시키고, 혹 고라니나 사슴, 부
처상을 조각하여 그 안에 두기도 하고, 혹은 파인 곳凹處에 암
채巖菜나 잡초를 심어놓고는 고상한 운치라고 생각한다. 이것
은 모두 속인俗人과 비부鄙夫들이 하는 짓이다. 침향석은 돌의
결 자체에 구멍이 만들어져 있고 그 안에 가는 모래가 붙어
있어서, 물이 돌 아래의 구멍으로 일단 들어가면 가는 모래를
적시면서 자연스럽게 꼭대기까지 올라간다. 만약 구멍을 많
이 뚫어서 돌의 결이 단절되면, 물이 위로 올라갈 수가 없다.
암채를 심어서 뿌리가 구멍 안을 뚫고 들어가게 되면, 윤기가
없어질 뿐만 아니라 돌이 쪼개지니 매우 꺼려야 할 일이다.
만약 좋은 괴석이라면, 이끼가 그 틈새에 자연스럽게 나서 소
나무나 삼나무같이 빼곡하다. 교묘하게 인공을 가하는 것은
절대 자연스러운 것에 못 미치니, 비록 석창포일지라도 심지
않는 것이 좋다. 날씨가 추워지면 반드시 햇볕에 말려 습기가
없어지도록 건조하는 것이 원칙이다. 정로로는 자기를 사용
해야 한다.

괴석

사진
창경궁
자경전慈慶殿 터
주변의 괴석

선인들은 자연을 사랑하여 풍광風光과 의취意趣를 일상에 가까이 두고자 하였다. 그래서 자연과 어우러진 곳에 집터를 잡고 집 안으로 자연을 끌어들이고자 자연의 한 귀퉁이를 축소하여 뜰에 옮겨놓은 정원을 가꾸었다. 그리고 자연을 읊은 시나 그림을 서재에 걸어두고 감상하거나 직접 화분에 꽃나무를 가꾸었다. 그런 모든 일은 자연의 이치에 따라야 된다고 생각하였다. 이것이 분재와 분경이 발달하게 된 계기이다.

분재는 말 그대로 꽃나무를 화분에서 재배하는 것이다. 자연 속에서는 수십 년에서 수백 년을 거쳐서 이루어지는 이상적인 나무의 형태를 인위적으로 수년에 걸쳐 작은 화분 위에 재현시키는 것으로, 특히 시간에 대한 상징의 시각화가 돋보인다. 선인들은 분재를 가꾸는 것을 통해서 꽃나무의 습성과 자연의 이치를 터득했고, 이를 철학적으로 완상했다.

분경은 자연에서 공간에 대한 상징을 집약시켜보려 했던 시도로 보인다. 기암괴석을 잘 세워서 밑에는 흙을 깔고 잎이나 열매, 수형이 보기 좋은 작은 나무, 특히 가을에 단풍이 곱게 드는 나무나 계절에 따라 작은 꽃이 피는 풀, 여러 종류의 파란 이끼가 조화롭게 자라도록 하여 대자연의 축도縮圖를 감상하고자 한 것이다.

괴석은 분경의 핵심 요소로, 큰 자연의 한 특성이 잘 축약된 것이나 투영된 것 또는 이상향을 암시하는 순수한 추상적인 모양이 잘 드러난 것 등이 선택되었다. 본문을 보면 중국에서는 주로 수석水石 중에서 특이한 돌을 찾았던 것으로 보이며, 우리나라에서는 주로 산지에서 채취했던 것으로 보인다. 창덕궁의 낙선재와 석복헌 후원이나 연경당의 뜰 또는 경복궁 아미산, 창경궁 통명전 등 우리 옛 궁궐에서 훌륭한 괴석을 볼 수 있다. 석창포 같은 작은 풀이 분경에 알맞은 것으로 거론되곤 하지만, 본문에서는 무엇을 보태기보다는 순수하게 돌의 아름다움과 덕德을 감상하는 것을 중시한다.

화분에서 꽃과 나무를 키우는 법種盆內花樹法

무릇 화분에서 꽃과 나무를 심을 때는 거름흙이 필요하다. 겨울에 햇볕 드는 도랑의 진흙을 말려 기와와 자갈을 체로 걸러내고, 거기에 우린 똥물을 뿌려 축축하게 한다. 이렇게 서너 번 반복한 다음 마른나무와 풀을 한 겹 쌓고 거름흙을 한 겹 더 쌓아 불태운 후 보관한다. 정월이 되면 곧바로 꽃이나 과일나무의 묘목을 심거나 꽃나무의 씨를 심는다. 매일 지게미糟를 닭털이나 거위털로 거른 물을 비수肥水와 섞어서 뿌려준다. 비수란 똥물이 맑게 우러난 것을 말한다.

만약 위로 싹이 돋아나면, 뿌리가 아래로 뻗는 것이므로 비수를 주어서는 안 된다. 비수를 주면 금방 죽기 때문이다. 어린줄기가 자라나 꽃받침이 생기게 되는 경우, 꽃이 막 보이기 시작하면 곧바로 비수를 주지만 꽃이 피어 있는 동안에는 비수를 주어서는 안 된다. 날마다 아침저녁으로 맑은 물만 준다. 과일나무에 열매가 달려 있을 때는 비수를 주면 안 된다. 비수를 주면 열매가 떨어지기 때문이다. 어느 꽃이든 3~4월에 화분에 옮겨 심으면 뿌리가 길게 자라지 않으면서 꽃이 피는데, 만약 뿌리가 많으면 꽃이 피지 않는다. 거위의 털을 거른 물이 없을 때는 누에똥에서 우러난 물蠶沙浸로 비수를 만들면 더욱 좋다. 【《거가필용사류전집》에 나온다.[133]】

---

133 《거가필용사류전집》 무집 화초류 〈화분에서 꽃과 나무를 키우는 법〉에 보인다.

🍁 나는 거름흙을 만들 때 붉은 흙이든 검은 흙이든 따지지 않고 차지지 않은 기름진 것을 골라 옛 방식대로 모래와 자갈을 체로 걸러낸 후, 우린 맑은 똥물을 뿌리고 말리기를 두세 차례 반복하였다. 불로 태우지 않아도 괜찮았다. 비수를 많이 주면 꽃의 뿌리가 상하기 쉬우니, 차라리 말똥을 맑게 우려낸 다음에 주는 것이 좋다.

꽃을 빨리 피게 하는 법催花法

대개 말똥을 우린 물을 꽃에게 주면 3~4일이 지나야 피는 것도 다음 날 모두 피어난다.[134]

---

134 《거가필용사류전집》무집 화초류 〈꽃을 빨리 피게 하는 법催花法〉에 보인다.

모든 꽃이 싫어하는 것百花忌宜

모든 꽃이 사향射香을 매우 싫어하는데, 오이는 더욱 꺼린다. 꽃밭에 마늘이나 염교[135] 몇 포기를 심으면, 사향이 있어도 상하지 않는다. 또 다른 방법으로는 "바람이 잘 통하는 곳에 쑥과 웅황雄黃[136] 가루를 섞어 태우면 본래대로 회복된다"라고 하였다.

오징어 뼈로 꽃나무를 찌르면 금방 죽는다.

꽃은 효자孝子와 임신부를 꺼린다. 그들이 손으로 꺾으면 수년 동안 꽃이 피지 않는다.【이상의 내용은《거가필용사류전집》에 나온다.[137]】

---

135 백합과에 속하는 여러해살이풀로, 파 비슷한 훈채葷菜. 마늘이나 파같이 냄새나는 채소이다. 땅속에 비늘줄기가 있고, 비늘줄기에서 모여 난 가늘고 긴 잎 사이에서 50센티미터 정도 되는 꽃줄기가 나와 가을에 종 모양의 사줏빛 꽃이 핀다. 비늘줄기는 먹는다.
136 비소의 화합물로서 석웅황石雄黃이라고도 하는데, 염료나 화약으로 사용한다.
137《거가필용사류전집》무집 화초류〈향을 피해 꽃 기르기治花被觸〉에 보인다.

꽃과 나무를 선택하는 법 取花卉法

✿ 화훼를 재배하는 것은 키우는 사람의 심지를 굳게 하고 덕성을 기르기 위함일 뿐이다. 운치와 지조가 없는 것은 감상할 필요가 없으며, 울타리 주위나 담 아래 적당한 곳에 재배하되 가까이할 필요는 없다. 지조 없는 화훼를 가까이한다는 것은, 비유하자면 지조 있는 선비와 비루한 사내가 한 방에 같이 있는 것과 같아서 풍격이 금방 떨어진다.

꽃을 기르는 법 養花法

✿ 담장이나 울타리 아래에서 자라는 꽃은 어떤 것이든 오래 되면 꽃과 꽃받침, 가지와 잎이 사람이 거처하는 쪽으로 기울게 마련이다. 자주 방향을 돌려주어 오랫동안 한쪽을 향하지 않게 한다. 거미가 꽃과 잎 사이에 거미줄을 잘 치는데, 그것을 제거하지 않으면 거미줄로 뒤덮여 꽃이 제 빛깔을 잃게 된다. 그러므로 작은 거미라도 발견하면 바로 없애야 한다. 꺾꽂이를 할 때는 우선 꼬챙이를 꽂았다가 뺀 뒤에 꽃가지를 그 구멍에 꽂는다. 이때 가지 끝이 상하지 않게 하고, 손으로 조심스레 눌러 흙을 단단하게 다진다. 언제나 그늘이 잘 드는 곳에 둔다.

화분을 배열하는 법排花盆法

❋ 무릇 화분은 반드시 햇볕과 그늘이 고루 드는 곳에 두어야 한다. 덩치가 큰 꽃나무는 뒤에 놓아야 하고, 대臺 위에 올려놓을 만한 작은 것은 앞쪽에 배열해야 한다. 화분은 모두 구워 만든 와瓦·전甎·벽甓 등의 기와나 벽돌 위에 올려놓으면 좋다. 건조한 것을 싫어하는 석류·치자·산다화·사계화 등의 품종은, 꽃이 지면 땅을 파고 지면과 나란하게 화분을 묻어 땅의 기운을 받아들이게 한다. 세간에서는 등좌凳坐 위에 화분을 둘 때 짝을 맞춰 놓지 않는다고 하지만 짝을 맞춰 두어도 무방하다. 등좌는 본래 사람들이 정자에서 자리 밑에 깔고 앉는 물건이다. 세상 사람들은 화분을 두는 곳은 언제나 정원이어야 한다고 여기지만, 실상 그런 관습이 언제부터 비롯되었는지 모르겠다.

갈무리하는 법 收藏法

✻ 온실은 햇볕이 잘 드는 높고 건조한 곳을 택하여 짓는다. 남향으로 창 하나를 내되, 화분을 내놓거나 들여놓기가 편리하고 땅기운이 통하도록 너무 좁지 않게 한다. 들여놓는 것도 지나치게 빨리 하지 말고 반드시 서리가 두세 차례 내린 뒤에 한다. 온화한 날에는 창을 닫지 말고, 매우 추울 때는 거적을 두껍게 덮어주어 얼어서 상하지 않게 한다. 입춘 뒤에는 항상 덮어두거나 창을 닫아두지 않도록 주의한다. 한식이 지나면 밖에 내놓는다.

꽃을 키우는 이유 養花解

✿ 어느 날 저녁, 나菁川子는 등을 구부린 채 정원에서 흙을 북
돋아 꽃나무를 심느라 조금도 피곤한 줄 몰랐다.

나를 찾아온 손님이 말하였다. "당신이 꽃을 재배하는 양
생의 기술을 터득했다는 것은 지금 가르침을 받아보니 알겠습
니다. 그런데 당신은 몸을 지치게 하여 눈을 즐겁게 하고 마음
을 미혹하게 함으로써 외물外物이 시키는 대로 하니, 이게 어
찌된 일입니까? 마음이 쏠리는 것을 뜻志이라고 하는데,[138] 그
뜻이 어찌 상하지 않겠습니까?"

내가 말하였다. "아! 진실로 당신의 말이 옳다면 몸이 말
라비틀어진 나무처럼 되고 마음이 쑥대밭처럼 되고 난 후에
야 그만두어야겠지요. 천지 사이에 가득 찬 만물을 보니 수없
이 많으면서도 서로 연관되어 있으며, 참으로 오묘하고도 오
묘하게 모두 제 나름대로 이치가 있습니다. 이치를 궁구窮究하
지 않는다면 앎에 이르지 못합니다. 비록 풀 한 포기, 나무 한
그루의 미물이라도 각각 그 이치를 탐구하여 근원으로 들어가
면 지식이 두루 미치지 않음이 없고 마음이 꿰뚫지 못하는 것
이 없습니다. 그렇다면 나의 마음은 다른 사물의 영향을 받지
않고 만물의 그 너머로 초탈할 수 있게 될 것입니다. 그러니

---

138 이 표현은 주희朱熹의 설명을 인용한 것이다. 《논어집주論語集註》〈위정爲政〉 제2장에서
"마음이 쏠리는 바를 뜻이라고 한다心之所之謂之志"라고 하였다.

어찌 뜻을 잃어버림이 있겠습니까? 더구나 '사물을 관찰하여 나를 돌아보고觀物省身 지식이 완전해야 뜻이 충실해진다知至意誠'[139]라고 옛사람들도 이미 말하였습니다.

찬바람이 불어도 변치 않는 저 소나무蒼官의 지조가 모든 꽃과 나무보다 위에 있음은 덧붙일 것도 없습니다. 은일의 모습을 지닌 국화와 품격 있는 매화, 난혜와 서향 등 십여 종의 화초는 각기 운치를 자랑하고, 창포에는 고한孤寒의 절개가 있으며, 괴석은 확고부동한 덕을 지녀 군자의 벗이 될 만합니다.

언제나 함께하며 눈에 담아두고 마음으로 본받아야 할 것이니, 어느 것도 소홀히 하여 멀리할 수는 없습니다. 그들의 덕목을 본받아 나의 덕으로 삼으면, 이로움은 어찌 많지 않으며 뜻은 어찌 커지지 않겠습니까? 값비싼 양탄자를 깔아놓은 넓은 집에서 옥구슬과 비취로 장식한 여인을 끼고 풍악을 울리며 노래를 부르는 것은, 마음과 눈을 즐겁게 하고자 하는 것임에도 오히려 성명性命을 훼손하고 교만한 마음만 싹틔울 뿐입니다. 어찌 뜻이 상실되어 도리어 내 몸을 해친다는 것을 알겠습니까?" 그러자 손님이 "그대의 말이 옳습니다. 나는 그대의 말을 따르겠습니다"라고 하였다.

---

139 《대학大學》 제1장에 나오는 표현이다. "사물의 이치에 이른 다음에야 지식이 완전해지고 지식이 완전해진 다음에야 뜻이 충실해진다物格而后知至 知至而后意誠"라고 하였다.

부
록

《인재시고》의 뒤에 붙이는 글 題仁齋詩藁後[1]

시詩와 글씨書, 글씨와 그림畵은 궁극의 신묘함에 있어서는 동일하다. 시는 성정性情에서 나오고, 글씨와 그림은 마음과 손에서 이루어진다. 성정을 제대로 찾아 마음과 손에 집중시킬 수 있다면, 그 표현물은 신묘하려고 애쓰지 않아도 자연히 신묘해질 것이다. 그러므로 예로부터 시를 잘 지은 사람은 반드시 글씨를 잘 썼고, 글씨를 잘 쓴 사람은 반드시 그림을 잘 그렸다. 당나라의 정광문鄭廣文[2], 왕마힐王摩詰[3]부터 시작하여 송宋나라의 소자첨蘇子瞻, 소식, 원나라의 조맹부趙孟頫[4]가 여기에 해당한다.

---

1 이 글은 《양화소록》에 포함된 것이 아니라 《진산세고》권4 《양화소록》 뒤에 수록된 〈제인재시고후仁齋詩藁後〉이다. 독자의 이해를 돕기 위해 함께 번역하여 수록한다.

2 정건鄭虔. 중국 당나라 형양滎陽 사람으로, 시·글씨·그림에 능하여 황제로부터 '정건삼절鄭虔三絶'이라는 평가를 받았다. 광문관廣文館의 박사博士를 역임하여 정광문鄭廣文이라고도 하였다.

3 왕유王維. 중국 당나라 중엽의 궁정시인이자 화가. 태원太原 사람으로, 마힐은 자이다. 남종문인화南宗文人畵의 시조로서 시화일치詩畵一致의 경지에 이르렀다 한다.

4 중국 원나라 조기의 문신, 유학자, 시인이다. 호주湖州 사람으로, 자는 자앙子昻이며 호는 송설도인松雪道人이다. 시·글씨·그림에 모두 능하였다. 글씨로는 송설체松雪體를 창안하였고, 그림으로는 오진吳鎭, 황공망黃公望, 왕몽王蒙과 더불어 원나라 사대가의 하나로 꼽힌다.

내 친구인 인재仁齋, 강희안는 뛰어난 학자文獻[5]를 배출한 명문 출신으로, 젊어서부터 사치함을 익히지 않고 독서를 좋아하여 널리 보고 많이 기억하였으며 큰 포부를 지녔다. 과거에 장원급제하였고, 높은 벼슬에 올라 명성을 높였다. 천성이 담백함을 좋아하고 번잡함과 화려함을 일삼지 않았으며, 날마다 글 속에 묻히기를 즐겼다. 그림·시·글씨 세 가지 법도의 깊은 이치를 완벽하게 깨달았다. 특히 시에서는 왕유王維나 위응물韋應物[6]과 흡사하고 글씨에서는 왕희지王羲之[7]와 조맹부를 겸비했으며, 그림에서는 유송년劉松年[8]이나 곽희郭熙[9]를 본받았다. 그가 얻은 신묘함은 말로 형언할 수 없다.

---

5 문장文章과 현재賢才를 가리킨다.
6 중국 당나라 장안長安 사람으로, 성품이 고결하였으며, 담백하고 간결한 시들을 남겼다.
7 중국 동진東晉의 서예가이며 자는 일소逸少이다. 해서, 행서, 초서에 두루 뛰어나 세상에서 서성書聖이라 불렀다.
8 중국 송나라 사람으로, 자는 영조榮祖이다. 글씨와 그림에 능하여 그림은 소식을, 글씨는 미불을 본받았다.
9 중국 송나라 온현溫縣 출신의 화가로, 산수화에 특히 능하였다.

나는 인재와 함께 무오년戊午, 세종 20(1438) 진사과進士科에 합격하여 한림원翰林院과 동궁東宮에서 근무하였다. 우리는 가장 오랫동안 서로를 이해하였으며, 가장 막역하게 사귀었다. 인재는 빼어난 군자로서 뛰어난 풍류를 지니고 있었다. 여러 가지 신묘한 재주가 있었지만, 자신의 능력을 과시하거나 명예를 구하지 않고 감추었다. 그리하여 세상에 전해지는 시·글씨·그림이 매우 드물다. 일찍이 나를 위하여 수십 장의 그림을 그려주었는데, 그림마다 시를 짓고 글을 썼으니 말 그대로 시·글씨·그림의 삼절이 폭마다 가득하였다. 그렇게 보내준 시와 편지 그리고 잡화시[10] 등이 수백 장 이상이었다. 나는 이것들을 상자에 담아 보관하였는데, 보물에 비할 바가 아니다.

아아, 인덕과 재주를 지닌 인재仁齋가 오래 살지 못하고 능력에 맞는 지위를 얻지 못했으니, 어찌 조물주가 애석해하지 않겠는가? 인재를 보지 못하게 되었다고 생각할 때마다 인재의 시와 글씨, 그림을 어루만지며 위안으로 삼지 않은 적이 없었다. 하지만 인재의 모든 글을 보지 못하는 것이 아쉬웠다. 지금 수백 편을 그의 동생

---

10 그림을 그려 넣은 삽시雜詩를 말한다. 대상이나 형식에 얽매이지 않고 그때그때 즉흥적으로 읊은 시를 잡시라고 한다. 박영돈 소장본에는 '雜畵詩'라고 되어 있으나, 규장각본奎6859에는 '雜花詩'라고 되어 있다.

경순景醇, 강희맹으로부터 구해 읽었다. 고상하고 옛 풍취가 있으면서
도 간략하고 분명하며 맑고 새로우면서도 아름다워서 '시에 그림
이 들어 있다詩中有畵'[11]라는 말과 진정으로 부합하니 옛 시의 풍류
그대로이다. 어찌 쉽게 얻을 수 있겠는가?

　　그러나 어찌 이것으로 우리의 인재를 안다고 할 수 있겠는가?
근래 조맹부를 논평하는 사람이 "공의 글과 그림을 아는 자는 공
의 문장을 이해하지 못하고, 공의 문장을 아는 자는 공의 도덕을
이해하지 못한다. 공이 평생 행한 문장과 도덕은 모두 글과 그림
에 가려져 있다"라고 하였다. 이 표현은 조맹부를 잘 논평한 것인
데, 나는 인재에게도 그대로 해당된다고 생각한다. 후세에 인재를
논하는 사람들이 그를 제대로 이해하기 바란다.

성화成化 7년성종 2(1471) 7월 16일
달성達城 서거정徐居正[12] 강중剛中이
정정정亭亭亭에서 쓴다.

11　당나라 왕유의 글과 그림에 대한 당시 사람들의 평가이다.

12　조선 초의 문신이며 학자1420~1488이다. 본관은 달성達城이고 자는 강중剛中이며, 호는 사가
정四佳亭·정정정亭亭亭이다. 좌찬성左贊成, 예문관대제학藝文館大提學 등을 역임하였고, 시에 능하
였다.《사가집》을 짓고《동문선東文選》을 편찬하였으며,《경국대전經國大典》,《동국여지승람東國
輿地勝覽》등의 편찬에 참가하였다.

진산晉山[13]이 어느 날 술상을 차려놓고 나를 초대하여 돌아가신 형인 인재의 글을 보여주었다. 나에게 말하기를 "우리 형님이 지닌 학문의 높음이나 한묵翰墨의 신묘함은 당대에 독보적인 것이었으나, 불행히도 일찍 세상을 떠났습니다. 평생의 저술이 흩어진 채 거의 사라질 형편이므로, 내가 찾아서 약간의 분량으로 묶었습니다. 선생께서는 형님과 평생 좋은 교분을 맺었으니, 이 글을 읽어보고 바로잡아주십시오"라고 하였다.

---

13 본관으로 사람을 지칭한 경우인데, 문맥으로 보아 강희맹을 의미한다.

나는 그 글을 공손히 받들고 돌아와 책상 위에 놓아두고, 퇴근 후 틈날 때마다 향을 피우고 손을 씻은 다음 몇 번이나 읽어보았다. 그의 시는 맑고도 새로웠으며, 시법은 삼엄하였고, (그 내용은) 따뜻하고 부드러우면서도 단단하였다. 마치 옥을 다듬고 진주를 꿰어 엮은 듯하니, 참으로 보물 중의 보물이었다. 옛사람의 것과 비교하면, 당나라의 위응물이나 송나라의 진여의陳與義[14]라 한들 이 글이 어찌 뒤질 수 있으랴. 아아, 조악한 문장도 짓지 못하는 내가 그 사이에 함부로 끼어들 수 있겠는가? 다만 인재의 죽음을 추모하고 그 동생의 청을 거절하기가 어려워 몇 마디 말을 거칠게나마 끼워 넣는 것이지, 감히 논평하려는 것은 아니다.

성화成化 7년성종 2(1471) 10월 3일
고죽孤竹 최호崔灝[15] 세원勢遠이 허백당虛白堂에서 쓴다.

14　중국 송나라 낙양洛陽 사람으로, 자는 거비去非이며 호는 간재簡齋이다. 그의 시사詩詞는 송대의 대표적 시인인 황정견黃庭堅이나 진사도陳師道와 나란히 거론된다.

15　생몰년 미상. 세원은 자이고 본관은 해주海州이다. 1456년세조 2에 문과에 급제하여 판결사判決事, 병조참지兵曹參知 등을 지냈다. 시를 잘 지었다고 한다.

《진산세고》 발문 晉山世稿跋

이 《진산세고》 한 질은 현재 병조판서兵曹判書로 있는 강상공姜相公, 강
희맹이 그의 조부와 부친, 형까지 삼대의 저술을 편집한 것이다. 《통정
通亭, 강회백》이 제1권, 《완역재玩易齋, 강석덕》가 제2권, 《인재仁齋, 강희안》
가 제3권, 인재의 《양화소록養花小錄》이 제4권이다. 내가 고인故人의 동
생 뻘인 데다 사국史局에 종사한 적이 있었기에 공이 편집하고 나서
베낀 정본淨本을 나에게 맡겼다. 그는 "이것은 우리 선대의 정화精華
이니, 혹시라도 잃어버려 세상에 알려지지 않게 될까 봐 두렵다. 그
대는 본래 문묵文墨을 좋아하는 데다가 우리 군의 수령이라 쓸 만한
재력도 있을 것이니, 목판에 새겨 나의 뜻을 이루어주지 않겠는가"
라고 하였다.

　　나는 부탁받고 여러 번 경탄하여 말하기를, "옛날에 삼소三蘇
의 문장을 합하여 아름다운 문집[16]을 만들었는데, 공이 편찬한 것
또한 이와 같습니다. 당나라의 두자미杜子美[17]는 문장을 작은 기술
小技이라고 하였습니다. 겸손의 말이긴 하지만, 도덕이나 정사政事와

16　중국 송나라의 소순蘇洵과 그의 두 아들인 소식蘇軾·소철蘇轍까지 세 사람을 일컬어 삼소
라 부른다. 소순을 노소老蘇, 소식을 대소大蘇, 소철을 소소小蘇라 한다. 《삼소문수三蘇文粹》라는
명대明代의 책이 있는데, 찬자가 누구인지는 알 수가 없다. 소순의 글 11권, 소식의 글 32권,
소철의 글 27권을 모아서 모두 70권으로 편찬한 책이다. 아마도 여기서는 이 책을 두고 한
말이 아닌가 생각된다.
17　두보杜甫. 중국 당나라의 시인으로, 자미는 자이다. 그의 시는 웅혼雄渾·침통沈痛·충후忠厚
한 뜻을 나타내어 이백李白과 함께 이두李杜라고 불렸으며, 당대에 뛰어난 시인으로서 쌍벽을
이루었다. 당시 사람들은 그를 노두老杜라고 불러 두목杜牧과 구별하였다.

비교한다면 문장은 진실로 작은 일입니다. 지금 공은 선대의 작은 일에도 정성을 다하여 후대에 빛나게 하려는 것이 이와 같으니, 하물며 큰 것에 대해서는 굳이 말하지 않아도 될 것입니다. 천령天嶺[18]이 비록 작은 읍으로 번성한 곳은 아니나 제가 사냥 등을 좋아하지 않아서 쓸데없는 낭비를 줄일 수 있고, 두류산頭流山, 지리산 깊은 골짜기에는 재목梓木이 구름같이 많습니다. 공 역시 별장에 쌓아둔 곡식을 내어서 비용을 댄다면, 백성에게 일을 시키고 폐해를 끼칠 염려 없이도 정성을 다할 수 있습니다"라고 하였다.

드디어 장인 아홉 명을 모아 목판에 글을 새기게 하니, 6월에 착수하여 9월에 끝났다. 지금부터 시작하여 진산 삼대의 문장은 사람의 입과 귀에서 불리고 회자되어 끝없이 전해질 것이다.

아! 공의 뜻은 거의 이루어졌다. 가업에 대한 공의 역할을 생각하면, 큰 것도덕, 정사은 전보다 더욱 빛을 내게 되었고 작은 것문장은 옥계玉溪[19]와 영빈穎濱[20]을 내려다보게 되었다. 나라를 빛내는 그의

---

18 지금의 경상남도 함양군 지역으로, 지리산의 동북쪽이다. 김종직은 이 글을 쓸 당시 함양 군수였다.

19 예도倪濤. 중국 송나라 광덕廣德 사람으로, 자는 거제巨濟이며 옥계는 호이다. 어려서부터 글을 잘 지었다. 초충도草蟲圖를 잘 그렸고, 시에 능했다고 한다.

20 소철蘇轍. 중국 송나라 미산眉山 사람으로 당송팔대가의 하나이다. 순洵의 아들이며, 식軾의 동생이다. 자는 자유子由이고 호는 영빈유로穎濱遺老·난성欒城이며, 시호는 문정文定이다.

문장은 진신縉紳[21]들이 받들게 되었다. 쓸쓸한 느낌의 짧은 문장寂寥短章과 고요한 느낌의 긴 글春容大篇이 반드시 풍성하게 사람들의 입에서 입으로 퍼지고, 상자를 채울 것이다. 공의 아들 가운데 뛰어난 사람이 있다고 하니 선대의 글을 모아 편집하여 제5, 제6권을 만들고 10권, 20권에 이르도록 한다면, 그야말로 선대를 훌륭하게 계승한 사람이 될 것이다. 나아가 공의 자손이 대대로 가업을 잘 이으면서 찬술하고 여기에 덧붙인다면 100권, 1,000권도 될 수 있을 것이며, 훗날 공의 문호를 출입하는 사람들은 이 점을 잘 알게 될 것이다.

계사년癸巳, 성종 4(1473) 겨울 10월
함양군수咸陽郡守 숭선嵩善 김종직金宗直[22]이 삼가 쓴다.

---

21 홀笏을 큰 띠紳에 꽂는다는 뜻이다. 여기서는 그런 복장을 할 수 있는 신분을 말하며, 일반적으로 고관高官을 가리킨다.
22 조선 성종 때의 성리학자이자 문신1431~1492으로, 자는 계온季昷·효관孝盥이고 호는 점필재佔畢齋이며 시호는 문충文忠이다. 숭선嵩善은 지금의 경북 구미인데, 옛 지명은 선산善山이며 김종직의 본관이다. 학문이 뛰어나 영남학파嶺南學派의 종조宗祖가 되었고 훈구파勳舊派와 심하게 반목하였다. 무오사화戊午士禍로 부관참시剖棺斬屍를 당하였다. 《동국여지승람》 55권을 총재관總裁官으로서 증수하였으며, 서화書畫에도 뛰어났다.

인재 강공 행장 仁齋姜公行狀[23]

공의 휘諱는 희안希顏, 자는 경우景愚, 호는 인재仁齋로서 대민공戴愍公
의 큰아들이다. 공은 태어나면서부터 다른 사람보다 지식智識이 뛰
어났다. 몇 살 되지 않았을 때, 담과 벽에 대고 손 가는 대로 붓을
휘둘렀는데, 글씨나 그림이 모두 법에 맞았다. 좀 더 자라서는 스
승에게서 글을 배워 문명文名을 크게 떨쳤다.

　무오년戊午, 세종 20(1438)에 시부진사시詩賦進士試가 신설되었는데,
공이 한 번에 합격하였다. 신유년辛酉, 세종 23(1441)에 이석형李石亨[24]
과 함께 과거에 합격하여 한림翰林에 임명되었고, 임기가 끝나자
사섬시주부司贍寺注簿에 제수되었다가 여러 벼슬을 거쳐 예조좌랑
禮曹佐郎이 되었다.

---

23 이 글은 원래 《양화소록》에 포함된 것이 아니라 《진산세고》 권3에 수록된 것인데, 강희
안에 대한 이해를 돕기 위해 함께 번역하여 수록해둔다.
24 조선 세조 때의 문신1415~1477으로, 자는 백옥伯玉이고 호는 저헌樗軒이며 시호는 문강文康
이고 본관은 연안延安이다. 정인지 등과 함께 《고려사》 편찬에 참여하였다. 문장과 글씨에 능
하였다.

한번은 세종이 보옥寶玉을 얻었는데 '하늘을 본받아 백성을 길러 후세에 길이 번창하리라體天牧民 永昌後嗣'라는 여덟 글자를 내려주면서 옥새를 만들고자 하였다. 전서篆書로 쓰는 것이 어려웠는데, 조정에서 의논하여 공을 천거하였다. 예관禮官으로서 임무가 많았기 때문에 돈녕주부敦寧注簿로 옮겨 임명하고, 다시 이조정랑吏曹正郞으로 승진시켰다. 임기를 마치자 부지돈녕부사副知敦寧府事로 임명하였다. 이때 의정부검상議政府檢詳이 결원이어서 의정부에서는 공을 첫째로 천거하려고 하였으나, 공은 관직이 올라가는 것을 좋아하지 않아 한사코 거절하였다. 여러 재상들이 이를 괴이하게 여겼으나, 그의 진심을 알고 그만두었다.

　그 뒤에 사헌부장령司憲府掌令, 지사간원사知司諫院事, 집현전직제학集賢殿直提學, 지병조사知兵曹事 등을 거쳐 이·호·예 3조의 참의參議를 지냈다. 외직인 황해도관찰사로 임명되었으나, 어머니의 병 때문에 돌아와서 다시 호조참의戶曹參議로 임명되었다가 얼마 뒤, 가선대부행상호군嘉善大夫行上護軍으로 승진하였다.

연경燕京에 사신으로 갔을 때는 명明나라의 선비들이 공의 풍도風度를 보고 비범한 사람임을 알았다. 공의 글씨나 그림을 보고서는 크게 칭찬하면서 그것을 구하려는 사람이 모여들었으나, 공은 모두 겸손하게 사양하였다. 조정으로 돌아와서는 인수부윤仁壽府尹에 임명되었다. 그리고 을유년乙酉, 세조 11(1465) 겨울에 등창이 나서 세상을 떠나니, 향년 48세였다.

　공은 천성이 침착하고 바르며 담백하였고, 관대하고 공평하며, 즐겁고 낙천적이었다. 일을 할 때는 자신의 능력으로 다른 사람보다 앞서가지 않았고, 복잡하고 화려한 것을 좋아하지 않았다. 인맥을 통해 승진하려는 계책은 절대로 입에 담지도 않았다. 사람들이 그 까닭을 물으면, 공은 "현달顯達하거나 하지 못하는 것은 모두 정해져 있다. 구해도 얻지 못하고, 사양해도 피할 수 없는 것이다. 그 분수가 지나치면 재앙이 뒤따르게 되니, 어찌 힘들게 도모하여 분수가 아닌 것을 구하겠는가"라고 하였다. 혹 자신의 게으름을 속이는 사람이 있어도 공은 태연하게 처신하였다.

문장과 시문은 정수를 얻었고, 전서·예서·해서·초서에서 회화의 묘미에 이르기까지 모든 것이 당대에 독보적이었는데도, 공은 모두 감추고 드러내지 않았다. 자제가 서화를 구하면, 공은 "서화는 천기賤技이니 후세에 전한다면 이름을 더럽히기만 할 뿐이다"라고 하였다. 따라서 그의 진적珍籍은 세상에 전해지는 것이 드물다.

그는 사물의 이치가 복잡하든 간단하든 한번 보기만 해도 스스로 이해하였다. 유독 음률에 대해서는 알지 못하였는데, 악사伶人가 비파를 연주하는 것을 보고 "손가락을 천천히 놀려 연주해보아라"라고 하였다. 그러고는 오랫동안 눈여겨보더니, "비록 소리는 이루지 못하지만 대강은 할 수 있겠다"라고 하고는 직접 한 곡조를 연주하였다. 그런데도 그 음을 잃지 않았으므로 사람들이 그의 명민함에 감탄하였다.

또한 《양화소록》을 지어 꽃을 재배하고 키우는 법을 자세히 기술함으로써 경륜經綸과 조화의 뜻을 담기도 했다.

어느 날 동생 경순景醇에게 말하기를, "나는 이제 얼마 살지 못할 것이다"라고 하였다. 경순이 까닭을 묻자, "꿈에서 내가 관부官府에 갔는데, 여러 공들이 열 지어 앉아 있었다. 그 사이에 빈자리가 있어서 아랫사람에게 이유를 물으니, '여기에 앉을 사람은 다른 곳에 갔는데, 올해 돌아올 것이다'라고 하였다. 이름표를 보니 내 이름이었다. 이것이 어찌 오래 살 징조이겠는가"라고 하였다. 과연 그해에 죽었다.

공은 처음에 지통례문사知通禮門事 이곡李谷의 딸과 혼인하였는데, 자식이 없이 부인이 공보다 먼저 죽었다. 그 후 전前 주부注簿 김중행金仲行의 딸과 혼인하여 네 딸을 두었다. 장녀는 참봉參奉 조중휘趙仲輝, 차녀는 생원生員 송윤종宋胤宗, 셋째는 유학幼學 김맹강金孟鋼, 막내는 유학幼學 어맹렴魚孟濂에게 시집갔다. 모두 세족의 자제로서 학행學行이 있는 자들이다.

임진년壬辰, 성종 3(1472) 봄, 정월 하순
순성좌리공신純誠佐理功臣 가정대부嘉靖大夫
호조참판겸 동지춘추관사戶曹參判兼 同知春秋館事
복창군福昌君 김수녕金壽寧[25]이 삼가 쓴다.

---

25 조선 초기의 문신1436~1473으로, 자는 이수頤叟, 호는 소양당素養堂, 시호는 문도文悼, 본관은 안동安東이다. 세조와 예종의 실록을 편찬하는 데 참여하였다. 문장이 뛰어나고 경사經史에 밝았으며, 양성지·서거정 등과 《동국통감》을 편찬하였다.

양
화
소
록

원
문

《양화소록》 원문 차례

養花小錄叙
《양화소록》 서_강희맹
········ 3

양화소록

養花小錄 양화소록 ········ 7
老松 노송 ········ 9
萬年松 만년송 ········ 12
烏斑竹 오반죽 ······· 13
菊花 국화 ········ 17
梅花 매화 ········ 21
蘭蕙 난혜 ········ 26
瑞香花 서향화 ······· 28
蓮花 연화 ········ 31
石榴花 석류화 ······ 35
梔子花 치자화 ········ 38
四季花 사계화 ········ 40
山茶花 산다화 ········ 43
紫薇花 자미화 ········ 46
日本躑躅花 일본 철쭉화 ········ 48
橘樹 귤나무 ········ 50
石菖蒲 석창포 ········ 53
怪石 괴석 ········ 57

種盆內花樹法
화분에서 꽃과 나무를 키우는 법
········ 60

催花法 꽃을 빨리 피게 하는 법
········ 61
百花忌宜 모든 꽃이 싫어하는 것
········ 62
取花卉法 꽃과 나무를 선택하는 법
········ 62
養花法 꽃을 기르는 법
········ 62
排花盆法 화분을 배열하는 법
········ 63
收藏法 갈무리하는 법
········ 64
養花解 꽃을 키우는 이유
········ 64

부록

題仁齋詩槀後
《인재시고》의 뒤에 붙이는 글_서거정, 최호
········ 69

晉山世稿跋
《진산세고》 발문_김종직
········ 73

仁齋姜公行狀
인재 강공 행장_김수녕
········ 76

養花小錄敘

天地氤氳化生萬物萬物之生莫不
待養而感失卷而病此聖人所以盡
裁成輔相之職而天地不敢專其切
造化不敢專其純者也一有大德之
士生逢九五展布所蘊則利澤加
于時仁恩及於物舉天下國家皆
庄吾所養之內年至於天地位萬
物育其功化之極有未易言語形容

3

者不幸時乙易不偶道蘊於心而不達
化止於家而不廣歛我大惠屈而莫
伸則或托於淺末之事以寓支全
體大用之妙斯乃士之不幸然亦雅
小以例大矣東陵之好種瓜豪駝之
善種樹不徒成其業亦乙精其理
參先先仁齋先生才志德備人咸
以公輔期之年未能行其志之可謂
歐惠莫施屈而不伸者矣嘗著蕎

4

川養花小録以寓澈意其爲書
廣摭古方亦以見聞辨燥温之
宜論蒔擁之法隱然有禆論資
化之意非心通至道妙諳天機者
不能也嗟花卉植物也非有智識
之相感言語之相宣也供其歷伸
矯揉敷榮頓挫在豪而揚莫能達
者不過順其性而全其天耳向使
天假之年移此手段陶甄一世則

其仁見利澤及人者廣矣豈但假
養花之求事窮神化之妙用者哉
公既下世之九年癸巳春訪其故園蕪
穢不治花木禿缺徘徊顧瞻情不能
金遂搜得永祿遺稿附于世稿之末
使後之觀者知公之德與公之志庶幾
有所感云龍集甲午孟春上澣舍弟
晋山姜希孟景醇謹叙

晉山世稿卷之四

養花小錄

仁齋景愚撰

正統己巳仲秋余以吏部郎秩滿陞授副知
敦寧敦寧無治事之任朝恭之後定省之餘
悉屏他事日以養花為事親舊如得其異者
必與之故余獲花卉備焉朝暮視之則性有
宜濕宜燥者亦有宜寒宜煖者而其栽培澆
水瞭日一依古方無古方者或条以傳聞及
乎天寒氣凛冰雪交沍擇其畏寒者收入土
宇不受凛不傷然後一一敷榮秀菱以是真態
此待各全其天各順其性焉耳初非有智力

於其間也噫花卉植物也既無知識亦不運
動然不知培養之理收藏之宜使燥者燥寒
者煖以離其天性則必至於菱枯而已矣豈
復有敷榮蔟秀以逞其真態乎植物且然而
況靈於萬物者可焦其心勞其形以違天害
性耶吾然後得養生之術也因此而擴充之
則將無往而不可矣故余每隨所得輒錄其
性品養法錄已名曰菁川養花小錄以為山
林消日之資而且與好事者共之若乃牧丹
芍藥九可種地之花養法固與盆花各異砌
名品具載歐陽永叔劉貢父暨二王觀花譜余

老松

格物論松木大者數圍高十數丈磈砢多節皮極
麤厚如龍鱗盤根樛枝四時青青不改柯葉春二
三月抽蕤生花結子然數品三針為栝子松五針
為山松子松其脂入地千歲為茯苓又千歲為
為琥珀大松千歲其精化青牛為　愚卑怪松
謠云阿誰栽汝來幾時輪囷擁腫蒼虬姿
怪雄牙驪拏空天矯蟠枯枝○符載植松論若徒
於萬仞之間沉瀣之華住於內日月之光薄於外
祥鳳戲其上流泉鳴其下靈風四起掩苒鏡根

植黄泉枝摩青夫可以柱明堂而棟大厦為百木
之長○陸龜蒙慟松序云身大數圍而高不四五
尺礧砢然威縮然幹不假枝枝不假葉有老壯士
囚縛之狀○柳柳州送崔羣書云松產於巖巔粹
然立拔千仞之表有正心勁節用固其本禦攘水
霜以質歲寒故君子儀之○栽木法須去松中大
根唯留四旁鬚根則無不偃必用春社前帶土栽
培百株百活舍此時央無生理
凡青老松枝幹屈曲崎岣多粘槎老栎葉針
細短梢帶子粘著萬年花寄生巖石間者為
上然性懆多不活今年截大根雍土次年發

盆便澆或取生丘隴者栽盆待活枝六小樣之
令屈葉長剪之令短世久瓊嫩如生石間者
老松苍無子殊無古態洞用他盆子繫枝技
末亦佳幹不老庶亦宜植嗇刼令夏之三日
一澆不置陰處霖雨洞養根勿令蒸濕老松
根弱不能耐寒極寒收入土宇盆用甕瓦器
○國初有一儀賓不喜產業平居以花卉自
娛聞人家有畜奇花異草者不惜百金必購
之乃巳嘗得老松一盆頗奇恠自謂龍蟠虎
踞之姿雖在泰山頂者無以出其右甚愛之
一日伴人朝謁通儀賓在內未及出伴人欲

阿意取容玩老松盆前拔佩刀剔去舊枝剝
皴鱗盈掬而跪儀實出見驚曰何為其然也
伴人乃諂笑昂首以對云欲除舊以養新耳
儀賓咲曰削圓方竹杖洗白古銅辮正謂此
也乃不譴責人服其雅量余觀後世人臣才
入輔列皆輕改舊章白舊法多弊不如用新
何必泥古為朝更夕變殆無遺者而國家隨
以爰爰夫何以異於伴人之剔去舊枝者乎

萬年松

萬年松頂層層枝翠蕤如絛絲下垂身幹回曲
如赤虵騰林香粟清烈者乃佳懷内有刺者

烏斑竹

乃下品二三月擇佳者折枝挿別器寘陰處
徐徐澆水則活更敷新藥必纍纍有刺年久
還如條絲性大惡人氣火燼且能耐寒冬日
移栽陽地明春復栽盆中為妙澆水不止亦
勿置樹陰下盆用磁瓦器好生金剛妙香兩
山絕頂納空採之作佛前香

晉戴凱之竹譜云植物之中有名曰竹不剛不柔
非草非木小異空實大同節目或茂紗水或挺嚴
陸條暢務敷青翠森蕭〇王徽之嘗借居空宅中
便令栽竹或問之曰何可一日無此君耶又徽之

13

以菖蒲映竹曰菖蒲止以九節為貴而此君面目
賴菖蒲正當亟拜此君亦安得而不受之耶○
齊民要術云五月十三日為竹醉日岳州風土記
謂之龍生日宜種竹○月養種竹法用深闊掘溝
以乾馬糞和細泥填高一尺夏稀冬稠然後種竹
須三四莖作一叢不可增土扶株上若用鋤頭打
實泥則不生筍○夢溪忘懷錄云種竹不可篠但
林外取向陽者向北而栽根無不向南遇火月及
有西風不可栽花木亦然讅云栽竹無時雨下便
移多筍宿土記取南枝○志林云竹有雌雄者雄者
多筍欲識雌雄當自根上第一枝看之雙枝者雌

獨者雄○引筍法隔籬埋猩或貓柒墻下明年筍自出

竹品甚多不能盡錄都下氣寒所存者唯烏
璪竹耳斑竹經歲則變烏五六月梅雨時擇
新竹挺直葉短枝密者栽盆斷取橫根左右
各連數節勿動接葉後少有動搖葉卷不舒
終久枯年久多引根掘筍則盆中隘窄不容
須移栽向陽慶初接盆上勿令見日收藏勿
使過暖亦勿過凍澆水不燥盆用甕缶器○
余自號蔚性苦愛竹必手植三四盆置諸左
石必玩如獲素餞亦摹寫一二枝以寓其意

歲在壬申仲春奉使嶺南至新寧縣初見軒
前脩竹萬竿團欒如束烟梢舞月猗猗有淇
園佳趣是夕主人設小酌余於酬酢之間欣
悅形色且目軒前主人惟問未審今日何事
乃悅軒前亦有何物可稱雅鑑余曰昔蘇仙
題綠筠軒云寧對此君仍大爵世間那有揚
州鶴今夕何夕對此君亦有此盛宴寧無喜
耶遂相與大噱而罷行至吾鄉尋故老到處
沙村村中賤竹如蓬藩籬葦席皆用竹為之
亭榭園圃間如新寧者不知其幾千而向之
栽盆以玩者特冠戲耳回京忽忽無意種盆

16

亦不馬真夢媿每憇遊鄉村間噫心心之好
大厭小類如此云

菊花

范石湖菊譜序云山林好事者或以菊比君子其
說以謂歲華婉娩草木變衰乃獨燁然秀發傲睨
風露此山人逸士之操雖寂寞荒寒而味道之腴
不改其樂者也神農書以菊為養性上藥能延年
輕身南陽人飲潭水皆壽百歲又人挺牧丹獨曰
花王而不名好事者於菊亦但曰黃花皆所以珍
異之〇鍾會賦以五美韻圓華高懸有天極也純
黃不雜居土色也早植晚發君子德也冒霜吐穎

象勁直也杯中體輕神仙食也其為所重如此
唐大和先生王旻山居錄云紫莖黃花引蔓者是
真甘菊餘者甘為耳蒿苦而菊甘〇史正志菊譜
云菊之開也既黃白深淺之不同而花有落者有
不落者蓋花瓣結密者不落盛開之後淺黃者轉
白而白色者漸轉紅枯于枝上花瓣疎者多落
盛開之後漸覺離披遇風雨撼之則飄散滿地矣
〇爾雅云名薋蒿或名目精一名傳延
年數莖味美者服之延年〇本草云一名節華一
名女節一名女華一名女莖一名更生一名陰成
〇接花法黃白二㕛兩各鈙去一邊皮用麻皮乣合

其間花半黄半白○花木宜忌云菊根最惡水不
宜以水澆之抔根側置水一盞剪紙條一披灑之
半纏根壅上半在盞中自然引上也
尼養菊母作蕹叢最淍於五月内因雨掘坑半
尺許為一坎先填肥土次覆沙土每一坎分
種一條條弱者用葦扶之條大枝繁更用
海竹尖扶之枝孤而長截去枝末令歧之又
採雜色菊共埒一盆盆小只埒一色著根後
用肥土覆根自然茂盛然過曝葉黄赤過雨
姿黑切忌之備折雜菊枝密插别盆置孕陰
處徐徐澆水便使花開爛斑如錦可置几按

上着玩甘菊外餘皆好凍死極寒須收根入
土宇土宇太暖則抽芽軟嫩易以姜折勿令
太暖種地須擇不濕處盆用瓦器開花後移
種甕盆亦得參考諸菊譜名品甚多劉蒙花
數雜花并三十有五品范至能亦三十五史
正志雜花并二十八品而鄉菊之數只二十
名品皆相枑拒年冀能辨古人云五色中偏
貴千花後獨尊大抵菊以黃為正其餘雖不
備栽亦可○吾東方名花俱非本國所產前
朝忠肅入侍帝府高公主有罷又東還天下
顏芳玞卉帝皆腸資令之爲紅燕京洺曰閣

深錦銀兩紅鶴頂紅笑雪偏夸菊若黃白狀

丹顏紅牧丹洛陽紅繁若重葉山茶重葉梅若

碧撚粉稀緋挑若瑞香若丹墨葡萄昨富時

出來者好事者至今護惜不失其種而餘則

不傳迪頁烈公崔頜湘南征址討功烈盖一

世然性不羨氏簡潔目守作第於城南引川

流為方池池邊多植衆花夷猶其間逢人每

說養花故事遂及此言余與頜湘同里開且

與諸子相徃来得聞是語故井錄之

梅花

范石湖梅譜序　梅天下尤物無閒智愚賢不肖莫

載有異議學圃之士必先種梅且不厭多矣又云
梅以韻勝以格高故以橫斜疎瘦與老枝苔怪者
為貴其新接不一歲抽嫩枝直上或三四尺如
酴醾薔薇輩者為下謂之氣條以直取實規利
無所謂韻與格矣又有一種蘗壤力勝者於條上
盃短橫枝狀如棘針花密綴之亦非高品譜云近
梅遺核野生不經栽接者又名直脚梅曰消梅其
至前已開故得早名要非風土之正曰早梅冬
圓小戇脆多液無滓多液則不耐日乾惟堪青嗽
曰古梅其枝樛曲萬狀蒼蘚鱗皴封滿花身又有
苔鬚垂於枝間或長數寸風飂綠絲飄飄可玩曰

重葉梅花頭甚豐葉重數層藏開如小白蓮結實
多雙曰綠萼梅凡梅花跗蒂皆絳紫色惟此純綠
枝梗亦青曰百葉緗梅一名千葉香梅小而密曰
紅梅粉紅色擽格猶是梅而繁密則如杏香亦曰
杏曰鴛鴦梅多葉紅梅也凡雙果必並蒂惟此一
蔕而結雙實曰杏梅此紅梅色微淡結實甚區
有斑色全似杏味曰蠟梅本非梅類以其與梅
同時香又相近酷似蜜脾故名蠟梅○接花法云
樹上接梅花則花如墨梅
都下栽接者皆千葉紅白梅而結實多雙即
苦辛譜所謂重葉梅與鴛鴦梅也嶺南湖南所植

者皆單葉白梅實不雙結然清香不減他梅
凡接梅光將小桃栽盆懸掛梅樹剝云桃梅
兩邊皮合而用生葛堅綴縷束待氣通皮縫
相接後斷云本梅俗謂筍接置盆陰陽相半
處頻以水澆交結梢作橫斜老梅之形蓓
蕾著枝則入甕勾數用溫水噴其枝投房爐
爐炭勿觸寒氣西折冬至前綻開清香滿房
不必別注沉對老不抽枝被不蓓蕾則移
植向陽處候其根便成大樹盆梅花謝後
不受寒氣後約三寸猶可結實若觸寒氣非
恒亦能結實條亦枯矣盆用光洁洗水不燥

24

欲作古梅湏接單葉梅○我
先祖通亭少
年讀書智興山斷俗寺手種梅一株於庭前
前梅真將殷鼎調羹實讒向山中落又開公
仍題一絕云一氣循環徃復来天心可見臈
登第歴仕至政堂文學在朝左右規正調和
相濟之事悉多時人謂之詩讖居僧愬公之
德愛公之才且慕公之清風高格而終不能
忘也則見其梅如見公每歲封土於根培養
得其宜故至今相傳號為政堂梅其枝幹槮
曲萬狀又封蒼蘚興譜兩謂古梅無別真嶺
南一古物也自爾士大夫奉使領南者到鄉

則莫不尋寺問梅廣其韻掛諸楣間也

蘭蕙

事林廣記云蘭花著於離騷人滋蘭九畹樹蕙
百畮蘭少蕙貴蕙多故賤按本草蕙草亦名蕙草
葉曰蕙根曰薰十二畮為畹九畹為百畮自是相
等若以一幹數花暖之非也今均目為蘭其種有
鮀金錢○說文蘭叢生山谷蝶蘂赤節綠葉光潤
數品深紫淡紫真紅淡紅黃蘭白蘭碧蘭綠蘭魚
一幹一花間有雙頭者花兩三瓣幽香清遠可把
花有數品或白或紫或淡碧花常在春初雖霜永
之餘高潔自如爾○分蘭法云未分時前期月餘

取合用沙去礫揚蓮使糞灰和晒乾儲之至寒露
後擊破之盆輕手解拆去灌眞蓋盧頭存三年之灌或
三顆四顆作一盆舊灌内新顆外大高則年久易
溢大低則根局不舒下沙欲踈之則通而積宿露不
能清上沙欲其細則潤而酌日不能燥晴籠宿露
肥瘦適宜則活花木宜忌云種蘭蕙忌用水灑〇
本國蘭蕙品類不多移盆後藥漸短香亦劣
殊失國香之義故眷花者不甚相尚然生湖
兩公海諸山者品佳霜後勿傷采根帶灌置
依古方栽盆為妙春初花發張燈置諸案上
則葉影印壁搖搖可玩讀書之餘可袪睡眠

蘭蕊

雖不畜雪窖所作九畹春駘之圖亦可破顋蘭蕊一年不能盡長明年季夏畢抽抽時澆水不止常置陰陽處勿令乾燥收藏勿暖亦勿蒸人氣盆用甆瓦器

瑞香花

廬山記瑞香始出廬山之中呂大防瑞香圖序咸都志瑞香草也其本高數尺生山坡間有黃紫二種冬春之間其花始敷○格物論瑞香樹高三四尺枝幹婆娑葉厚深綠色有數物按藥者有批杷葉者有枸葉者有橤子者有藥枝者花紫如丁香惟藥枝者花烈批杷者能結子○居家必用云然花

葉青而厚似橘葉者最香種法不可露根惡濕惡
日洗衣服灰水澆去蚯蚓漆滓雍根雞鵞汁澆之
盛茋得猪湯澆尤盛○澆花法不得頻以水澆宜
用小便可發蚯蚓或從花脚澆之則葉綠又用梳
垢膩根上有日色即覆之瑞香根甜得灰汁則蚯
蚓不食

止地氣寒宜栽盆不宜栽地瑞香根細脆如
亂鬚過曬過濕皆致橫傷若依古方以雞鵞
汁猪湯小便澆之則盆土成臭即腐細根不
如用清水徐徐澆之為愈也瑞香葉深綠廣
厚者乃不失常性也若黃軟多皺者因過曝

29

過濕根本受病使然也須易土改栽置陰處
洗水不濕不燥還如舊時楊誠齋詩纖錦天
孫矮作攧紫茸翻了綠花枝更將沉水濃薰
却日談風微欲午時本朝陶隱先生亦云綠
葉紫花香可烈煩君擷送伴幽人瑞香皆以
綠葉紫花者為最勝也五六月斷枝一寸許
稀搏盆中置陰處即活又屈其旱枝輕削屈
處理之削處擁腫生細根謂之接無一不
活若收藏大旱土室過暖葉脫落須經霜五
六次乃可收藏盆用瓦器○都下養花者不
知瑞香韻高亦不知培養之方者玩不數年

輒使枯死乃曰此花易死不甚貴也余得此
花酷愛之考諸古方見惡濕惡日之言乃得
其栽培之術澆水收藏晒日不任僮僕親自
為之然後花葉盛茂倍扵曩昔一萼才綻香
滿一庭花蕊盡發香聞數十里花謝子結赤
如櫻桃蔡爛綠葉之間真閒中勝友也所謂
易死者誠孟浪之言矣吁凡物各有知已苟
不遇知已則空山之中錐自開自落終無知
者矣豈不恨耶豈不悲耶

蓮花

爾雅云荷夫蕖也其莖茄其葉蕸其花菡萏其實

蓮其根藕其中的○周濂溪愛蓮說曰予獨愛蓮
出淤泥而不染濯清漣而不妖中通外直不蔓不
枝香遠益清亭亭淨植可遠觀而不可褻翫焉蓮
花之君子也○魯端伯以蓮花為淨友○種蓮法
蓮須以牛糞壤地以立夏前三兩日掘藕根取節
頭者泥中種之當年即便開花○又法五月二寸
日移深種蓮柄長者以竹枝扶之令到硬土當年
法初春掘根三節無撗處種泥深令到硬土無不活○又
有花○種蓮子八九月取堅黑子尾上磨尖直皮
薄取墐土作熟泥封如三指大長二寸使帶頭平
重磨令尖銳泥欲乾時擲水中重頭即下向薄皮

志上易生不磨亦不生此時火鹽倒潜蓮根的
此蓮葉的下重之說排甚美 ○花木忌云蓮花
池使蓮葉的平頭出的乾蕊排甚美 ○花木忌云蓮花
最怕桐油就池以手指去荷葉中心滴桐油數根
八兵中滿池皆死

几種蓮紅白不宜并植白盛則紅紗殘一池
內須作隔分種種法須依古方但不拘即月
事分種紅白乃可種蕋悉去多很勿令荷柄
耳城中寸土如寸金豈宜鑿池只得六甕瓦二
雜擾雜擾花不開始永藏甕陽家不使凍破
朗春取去開花盖盛若重不能轉撥去宿根
空其甕明年愈盛亦可埋甕與地面差高甕

口須要廣閣閒魚種菰蒲蘋藻之類亦放小魚
五六尾以為池沼之形○人生一世泂波聲
利蕭然疲役至扵老死而不已果何所為哉
縱不能掛冠拂衣逍遙扵江湖之閒公退之
暇每遇清風明月蓮荷香溢菰蒲影翻亦有
小魚潑潑扵蘋藻之際開襟散步吟哦我徒倚
身雖拘繫名韁亦足以神游物表暢敍情懷
美古人云振轡扵朝市則充屈之心生開步
扵林野則寥落之意興是知人之一心與地
變遷莫不知其鄉矣故守道養德之士厭繁擾
喜閒曠優游自怡不為章藪繁古今一致山則

34

石榴花　百葉附

榴物叢話云榴花來自安石國故名安石榴从
来從海外新羅國者曰海榴此花跗萼曾真紅色
瓣如捼丹蹟黃粟粂有千葉者徧花者有紅花白
緣有白花紅緣花品中一奇也○陸機疏草木書
云張騫為漢使外國十八年得塗林安石榴是也
○圖經曰一名丹若廣雅謂之若榴极不甚高大
枝柯附幹自地便生作叢種極易息折其條槃土
中便生花有黃赤二色實亦甘酢二種甘者可食
酢者入藥多食其實則損人肺○本草云安石有

酸淡兩種旋開單葉染花旋結實中字紅孫枝

多秋後經兩則自折裂道家謂之三尸酒云三尸

得此果則醉又有一種子白瑩澈如水晶常啣日午亦

甘謂之水晶石榴○一種盆內花樹法云常啣日午

洗清水旱晚亦澆○柿榴法云斬直枝如指者一

尺以八九條為科燒下頭二寸深坑豎枝坑畔置

糠骨姜石拮技間實土出枝頭一寸水澆即生○

接花法木犀接石榴開花必紅

方令不并用此錄

墙花非特花開可愛實亦可食可玩故古今

人多尚之在深味韓史部墻花花詩一絕左可

知矣俗以千葉不結實者謂百蘖首幹層枝
上尖下大者謂栢橷直幹上竦枝如張盖者
謂柱石橷數株叢生枝柯錯亂者謂叢石橷
數橷之中唯栢橷揷橷甚佳養百葉頹作栢橷
餘皆不佳凡橷多結實則枝必枯栢揷橷勿
令腰上結實只留一二顆餘實摘去若株下
枝少稀疎其枝疎必生新枝以因氣不直上
結於屈處故枝生也且過燥過濕不生葉湏
枝陰處掘坑準橷木小大横而卧之用濕湏
厚覆非久復生舊根盤結枯枿則實不能結
湏鋸之結時漉水勿令大過大率橷葉欲長

37

大而深綠葉大則寶亦大百葉亦欲葉綠葉

綠則花亦深紅百葉花開共宜䕃容一二葉帶兩

曝日則花色淡白帶兩則花瓣腐朽皆

患之插枝不宜依古法折枝二二寸許密插

別盆置陰壤即生明春用肥土分植為妙又

法用盆中舊土和水勻濃摘平初生莖葉插

泥上自然生根收藏母使枝梢近地亦大

暖盆用瓦器

梔子花

花才名品云梔子人名簷蔔蜀有紅梔花○雜俎

云諸花少六出惟梔子花六出○本草云一名木

丹一名越桃○維摩經云入薝蔔林惟聞薝蔔香
不聞他香○圖經云九月採實暴乾南人競摭以
售利貨殖傳云摭薝千石亦止千乘之家言獲利
之多也○退居篇云臘月折取枝長一尺五寸以
来先鑿坑一尺闊五寸取枝埀下拗屈如毬扶却
向上令有葉處出坑口向上五寸一过約著土實
訖即下肥土實築堅訖自然必活二年間即有子
捺子有四美花色白膜一也花香清潤二也
冬不改葉三也實染黃色四也此花之最貴
者而看養者未能理會慮致枯死耳余見雪
花六出大陰玄精石亦六稜凡陰氣所鍾者

皆六數也此花亦是隂氣所鍾故花瓣六出

而性大惡燥暖收藏過暖則枝葉委黃不能

發花凍傷亦不可衆花之中收藏最難澆水

勿燥勿曝畏月若善培養則能結實然終不

及産中原者挿法不須依古方折枝頭三寸

許稀挿盆中置陰處便活盆用瓦器

四季花月季附

此花每於四時季月開花故俗謂之四季號

未知何所據也此花有韻格而古人不著名

品深可歎也然每肴名畫中多寫此花豈無

名品者也是必其名與俗相殊而人自不知

耳世人以萬剌攢身如禦侮四時在眼獨藏
春一聯為四季詩余考之乃古人詠桂花一
句也世人多龔襲誤言不可盡信如是矣此
花有二種花紅每逐底戍丑未月擋芳者曰
四季色粉葉圓大者曰月季青條引萁春狄
一度發花者曰青竿四季青竿不佳月季方
閒曬日則蕚拐不發澗於陰慶置盆花發即
便出外四季初開過曝色嚴不曝色欲開
時頻以水噴之令枝不燥常置陰陽慶久置
陰慶根本捐傷則虫氣成粉漢著枝葉簡如
人之臟腑受病證見於眜宗治枝枯無花澗

用刪枝淨刷又採刪葉塗之苟不如初須剪
去病枝素解舊根用肥壤改栽又以肥水澆
之下行新根必上抽新技抽技便著花蕚矣
雖無白漾久不抽技改栽為妙剪技節三四
寸許密插置陰處澆水不輟箇箇插技發花
即分植童盆上臺上看玩最可又擇土厚向
陽豪作畦深一尺許分植澆水雖月午不止
必亂抽新技須擇長大可為幹者以竹技子
扶而結之餘悉剪去如此不已不過數年便
成大株收藏大暖則嫩技抽生遇寒須美盆
用瓦器○凡花一歲不舥再紫此花獨占四

時避然發榮芳意未嘗必歇若止聖德誠純
亦不已者而以五行言之猶土之寄旺於四
時學得養花者先養此花此正花之指南也
余之鄉樺佷賓異之下菁川之上轒逥竹根
四時紛披者皆此花然居民不以為貴也而
余游窆數十年強顏遵風竟無所成鄉思益
發每身此花如在鄉曲中故余養花開全以
此花為盛而知此花性品之詳也

山茶花俗名冬栢

南方草木記云有紅白二種又有千葉者名類顏
多不能盡錄寶珠山茶樓子山茶千葉山茶〇格

物論云山茶花有數種寶珠茶石榴茶海榴茶中
有碎花躑躅茶兼莉茶宮粉茶串朱茶皆粉紅色
一撚紅照殿紅葉各不同○楊誠齋山茶詩云誰
將金粟銀絲膾簇釘朱葉椀心春早橫招撚李
姤藏寒不受霜雪侵○宋賢詩云淺為玉茗深都
勝大日山茶小海紅名譽謾多朋援少年年長在
雪霜稍中

東國所植者唯四種單葉紅花雪中能開者
俗號冬栢即格物論所謂一撚紅單葉粉花
春始千者俗號春栢即格物論所謂宮粉等
茶也都六所養千葉冬栢即格物論所謂石

榴等茶也又有千葉茶花心著金粟者即所
謂寶珠茶也大抵千葉茶葉厚深綠花蘂皆
成碎花奴事者皆以此為貴然不及寶珠茶
絕勝也單葉茶葉之微黃淺綠不佳單葉冬
栢春栢好生南方海島中南人伐之為薪摘
實取油亦為冰懟之膏都下種實則一一抽
條可移植童盆倚接千葉一依接梅之法百
接百活但盆小易燥澆之楠枝則單葉易
生千葉最難活若寒食後十餘日斷十葉枝
三寸許密插盆土用舊盆土搵一坑深一尺
許置盆其中晝則用别器覆之不令見日夜

45

則開之得承露氣過半生根茶葉喜者塵埃
數用布子淨刷務令光膩收藏勿使枝葉相
接著他揚寒暖亦宜得中亦勿近人火氣澆
之不濕不燥勿曝畏日盆用瓦器

紫薇花俗名百日紅

格物論紫薇花俗名怕癢花樹身光滑高丈餘花
辦紫皺蠟跗茸薔赤莖葉對生四五月始花開謝
接續可至六七月省中亦多植此取其耐久爛熳
可愛○白樂天詩絲綸閣下文書靜鐘鼓樓中刻
漏長獨坐黃昏誰是伴紫薇花對紫薇郎○劉禹
錫詩繁年丹霄上出入金華省轍別萬年枝首花

桂陽嶺紫耳垂綃緩金縷攢鋒顆興生紅藥後愛
與甘棠並不學妖挑姿浮榮在俄頃
此花在中朝多植省中故古之文士皆為之
賦詠我國省院中不曾見此花只有紅藥數
桑耳唯嶺南近海諸郡及村落多植焉但風
氣差遲五六月始開至七八月乃歇錦英霞
艷照映庭除眩人目風俗最是流麗都下
公侯第宅中亦多庭植樹高有丈餘者近因
嶺北風氣嚴烈凍死殆盡幸賴好事者將護
僅得免死十有一二耳深可惜也梅雨時折
插置陰處即生新枝用海竹扶之矯作栢樣

楷形乃佳收藏勿暖洗水不燥鈍用尾器

世人不冒衆花名品有以山茶為冬相紫微

為百日紅辛夷為向佛玫瑰為海棠海棠為

錦子同異莫辦真偽相混豈但花名而已哉

世上事皆類此

日本躑躅花

我

主上殿下踐阼之二十有三年春日本國進躑躅

數盆

上命置內庭及其花開葉單而花瓣甚大色頗石

榴重跗疊萼久而不衰其與我國色紫而葉

千者妍蚩不齊若嫫母與西施也

上嘉賞之命下上林園分植外人秘莫能得華余
屬喬戚里從一
宗英得寸根未知其性品則以種盆一以
種地以試之種地者凍死而盆者無恙數年
之間枝條大盛至四五月群芳東謝浩態濃
艷爛熳如紅錦實非圭竇衡門所堪賞也容
至以一盆示之皆莫知為何等花也噫島夷
邈處東煙距京都萬餘里若非
聖化束衛豈能使泛滄海俯職貢至以此為廝邪
視漢家道使絶域至十八年之久僅得安石

揩以還其相去不趨萬矣收藏勿暖洗水
勿濕屈其枝地接一如接瑞香之法盆用尤

橘樹 品

禹貢厥包橘柚産於楊州春華而冬實皮香而味
美蘇頌殖傳云江陵千樹橘其人與千戶侯等言其
利也○屈原橘頌云橘柚刺棘圓果摶兮青黃雜
文章爛兮○柳州詩橘柚懷貞質受命此炎方
密林耀珠綠晚有餘芳○本草云久服去臭下
氣通神輕身長年○事林廣記云橘樹宜以死鼠
浸溺缸內候鼠媂取埋橘樹根邊次年必區涅槃

經云如橘得鼠其累尒多十二月内將橘樹根寬
作盤浇大糞三次至春水浇二次花實必茂
屈原云受命不遷生南國兮晏子曰橘生江
此為枳人皆以為信也而余亦以為不誣也
余雖學術荒淺待罪玉堂有年矣
上尊尚儒雅每投令辰特賜上尊以寵異之癸亥
歲除夕諸儒畢會直宿酒酣
上命小黄門賚金橘數盤以賜之余得數十餘顆
歸必遺親種其核二三盆及春盡皆抽條枝
藥與生南國者忞無差異值霜雪劲葉蒼
翠微風一過香亦不止不出跬步洞庭勝緊

宛然如在所謂學命不遷江北為枳者是豈
之理耶盖言其南北風土之各異耳但此樹
行根太張一盆難容亦至廿餘歲方可結實
故北人終不能收藏直為植地而凍其根矣
脱若年年剪根每使太張仍用古方埋鼠以
待年久則豈有不結實者耶第其人情輕淺
不能持久是可恨也前朝李學士仁老云出
金閶至御花園見橘樹高一丈結實甚多問
園吏云南州人所獻朝朝以鹽水洗其根故
得成茂噫草樹無知物也猶資灌溉栽培之
力得致於斯況人主用人母論逐行踈感結

之以恩愛養之以祿秩則安有不盡忠竭誠
以補國家者栽因劉氏橘詩十二韻夫橘之生
江北不失其本性觀李學士之言益可驗矣
而其言亦有補於為國故并及之橘摘多産
有角青武嘉食葉須拂去埋之收藏勿暖澆
水不濕盆用瓦器

石菖蒲

格物論菖蒲一名昌歜生池沼間其根盤屈有節
狀如馬鞭一寸而九節者佳今一種根苗纖細所
謂石菖蒲也大根者乃昌陽也不可服之謂昌
陽引年誤以昌陽為菖蒲耳○本草云久服輕身

聰耳目不忘不迷惑延年益心智高志不老一名
堯韭○養菖蒲法以積年溝渠尾為末種之○又
云初種圓石上再種好石上則葉細○澆花法石
菖蒲喜洗根頻洗則葉細而秀極怕烟人家多置
之神佛供養繞被香烟逹者無不爛死○又用石
泉及天雨水不可用井水河水如無油膩塵垢亦
必易水夜移露天旦起見日即收之則可久也或
云缸貯雨水三五日一次用杓㪺過別缸去其滓
滋如是三五次其水清方可頻頻撥㳆

昌歜非獨文王好昔之後世名士韻釋亦多
愛之㩀諸歌詠東坡云菖蒲人不識生此亂

右濤山高霜雪□□黃葉不得抽下有千歲根

感縮如盤虬長有毘袖守德薄安敢偷○謝

疊山歌曰異根不帶塵土氣孤操愛結泉石

盟明窗淨几有宿契花林草砌無交情○參

廖頌云寒谿之濱沙石之實產山靈苗蔚然

而秀者美君子操持而歸文石相幷涵盎清

漪根盤九節霜雪不枯置之幽齋永以為好

以山觀之物以頹聚氣同相親宜其為高流

所愛玩也初春操盤根細葉者剪列置

怪石下用碎石鎮之依古方以石泉浸灌不

令水有臭氣自然生根盤結石上又於別器

盛溪邊圓石上植八九根頗易水即盛夜

讀書置案上可收燈烟不薰眼最是良法但

恨浸灌歲久則葉漸長還如書帶唯種階砌

不受水氣者乃得葉細不長收藏勿使太暖

以致姜敗鼎鑪用菱器○近歲有一名相奉

使日本到西方寺象謁一老宿少憇廳事老

宿令汲彌捧一海螺來示螺背有物如龍虵

蟠蜿之狀纏結數重間有鱗鬣細如針熟視

之乃菖蒲也如龍虵者根也而如針者葉也

相甚異之欲試其意因戲語云願賜奇寶以

侈吾行老宿曰積至數百年乃成儻出塵世

必枯朽此神物也遂令還置獲憂何其奇怪
蛺知者
一至於此固異於世之菖蒲也余始錄之以

怪石

禹貢青州貢怪石○物理論土精為石石氣之核
也氣之生石猶人筋絡之生爪牙也博物志以石
為之骨○杜陽雜編武宗會昌元年大食國貢松
風石大一丈瑩澈如玉其中有樹形若枯松偃盖
颯然生飆至盛夏上令置諸殿內稍稍秋風颼颸
○李德裕戒子孫曰以平泉一樹一石與人者非
佳子弟也○石林燕語米帝好奇石知無為軍初

入州廨見立石頗奇曰此吾當吾拜呼曰石丈

種花法云如欲石上生苔以炎泥和馬糞調和得

中置濕潤處非久即生

余考怪石皆從湖海中出唐張碧詩云寒姿

數片竒突兀曹作秋江秋水骨先生應是歷

風雷著向池邊塞龍窟具融詩云洞庭山下

湖波碧波中萬古生幽石鉄索千尋取得來

龍形怕恢誰能識則怪石之不產山巖可知

矣然吾東方所玩者多品類皆採於山松都

南二十餘里有敬天寺之北三四里多產

怪石石色青碧李虁峋嶬懸崖絕壑隱隱若

藏畜雲雷之形置諸鼎鑪中則能引水至山峯
頂雖日中不乾苔蘚斑爛形模一似沉水香
故俗謂之沉香石真天下絕寶也出新溪縣
者石理細軟水不能上出安山郡者黄赤多
土色皆不佳也世人不曉事如得沉香石便
斷嵌穴洞貫前後或刻作麋鹿僧佛之象揷
於中或種巖菜及雜卉於凹處自以為高致
此皆俗子鄙夫所為沉香石理自成竇穴
穴中著細沙水一入石底穴口則接濕細沙
自然引至頂上若多斷嵌穴使石理斷絕則
水不能上種巖菜使根穿入穴中則非但不

潤石亦坼裂皆忌之尤者若石品甚佳者嶔
自生石間森森若松杉然巧施人為固不及
天然者為良雖昌歇亦不種可也天氣逗寒
須曝日晒乾以無滛氣為度鼎鑪用甕器

種盆內花樹法

凡種盆花樹必要肥土於冬間取陽溥泥晒乾篩
去瓦礫又用大糞潑濕如此三四次ㄅ以乾苖草
一重肥七一重敖火燒過收藏起正月間便栽花
窠樹木或種花木子粒每日用糟過退難鵝毛水
與肥水相和澆之肥水即大糞清如花上敷萠下
便行根此時不可澆肥澆肥即死如嫩條長長或

60

立花頭者見花再便澆肥花開時不可澆肥日逐

早晚只澆清水如結果實者已結不可澆肥澆則

落矣凡花三四月間便可上盆則不生長根則生

花根多則無花矣如無鵝毛水用蚕沙浸作水尤

佳出必用

余作肥土不論赤黑壤取不粘肥厚者依古

方篩去沙礫用大甕清澄之澄乾二三次雖

不發火燒過亦得多澆肥水便傷花根不如

用馬糞浸水待清澆之為良

催花法

凡花用馬糞浸水澆之三四日開者次日盡開

61

百花忌宜

凡花最忌射香及左忌之膝葢數株蒜雍遇射不
損又法於上風頭以艾和雄黃末焚之即如初○
以烏賊魚骨鍼花樹輒死○花忌孝子孕婦手折
則數年不著花忌上出

取花卉法

凡培植花卉只欲益心志養德性耳其無韻
格韻操者不須著玩籬邊墻下隨處栽植不
與相近近之如烈士鄙夫混處一室風格頓
喪

養花法

凡花木久置牆籬下花蕊枝葉皆向人傾側
須數數輪轉勿令久當一面且蛛網喜著花
葉間不去籠蔽殆盡令花無色須覓小蛛即
滅之凡插花枝先將別籌子插而撥之次以
花枝插其穴勿損枝端輕手按之令土密固
常置陰濃處

排花盆法

凡花盆須置陰陽備慶花木髙大者宜後行
短小可止臺上者宜前列花盆皆置瓦甑鐾
上乃佳然石榴桅之山茶四季等惡燥者花
謝後須掘地埋盆與地面相齊以受地氣世

俗列鼇坐一不妖雖雙列亦無妨鼇坐本人亭

榭間坐底物事世人每置花盆以為庭實未

知始自何時

收藏法

凡造土守擇向陽高燥處等之向南作一窗

令不狹隘以便出納以通地氣收藏亦勿太

早須経霜二三次收入乃可天氣温和時莫

令閉窗若遇極寒用苫厚盖勿致凍傷立春

後常不覺閉過寒食出

養花解

菁川子一夕癰僂庭際封土以植曽不知為

倦客有来訪者謂之曰子之於養花得養生
之術則吾既聞命若勞形勤力悦其目迷其
心以為外物所役何也心之所之者志也則
其志寧不有喪耶菁川子曰噫嘻乎噫誠如
子言是拈花其形逢艾其心然後巳也吾觀
萬物之盈天地間者芸芸也綿綿也玄之又
玄而各有理焉理苟不窮知亦未至故雖一
草一木之微亦當各究其理各歸其根使其
知無不周徧使其心無不貫通則吾之心自
然不物扵物超乎萬物之表矣其志奚獨喪
失之有又況觀物省身知至意誠古人實有

是言矣今夫蒼官文夫蕭散後凋之標獨出
千卉百木之上既不可尚已其餘隱逸之菊
高格之梅與夫蘭蕙瑞香十餘種品各檀風
韻而菖蒲有孤寒之節怪石得堅確之德固
宜君子所友于常與寓於目體於心皆不可
棄之而遲速也儀彼哉有為我之德其所益
豈不為多乎哉其志豈不有浩然也哉有廣
厦細氈攜珠翠引笙謌者求以悅心目適乎
以斧斤性命朝芽驕吝而已庸詎知夫志之
喪失而及害於吾身哉客曰子之言是吾復
子歸

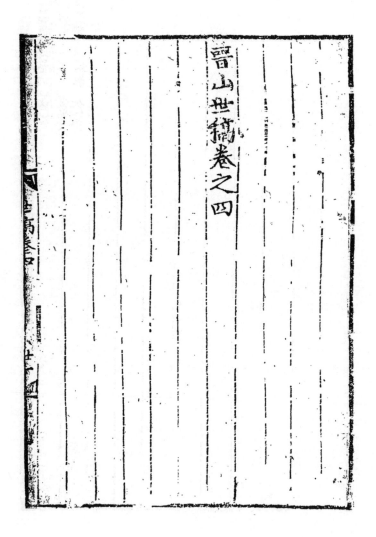

晉山世稿卷之四

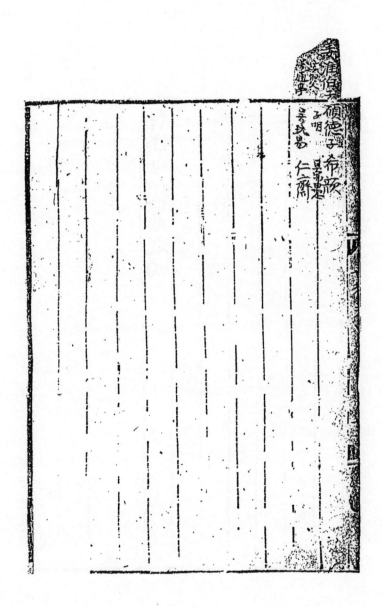

碩德子 希顏

義淮伯友

玉明

縣學生

吳武易

仁二齋

題仁齋詩彙後

詩與書書與畫同一妙也詩出於性情而書畫成
於心手若能源於性情會之心手之間其所得有
不期妙而自妙者矣是以古之善詩者必善書善
書者必善畫自唐鄭虔文王摩詰宋之蘇子瞻元
之趙孟頫其人也吾友仁齋先生文獻世家小不
習紈綺喜讀書博覽廣記大有抱負捷巍科躋顯
膴聲名籍甚天性嗜淡泊不事紛華日游戲於翰
墨畫畫詩書三法天機造到超然獨詣詩似王韋書
紹王趙畫得劉郭者其自得之妙有不可盡言者
矣居正與仁齋同中戊午進士科又忝僚於鑾坡

69

春坊相知最久相得最深仁齋之為人六雅君子風流
不群雖才氣彶妙不衒能於人求譽於世輒祕之
是以三絶之傳於世者甚尠嘗為我掃數十紙紙
必詩而書之所謂三絶者森然一幅又詩篇簡牘
雜書詩持贈者亦不下數百紙居正篋藏之不啻
驪珠焉呼以仁齋之德之才享年不永位不滿能
豈非造物者為之靳惜耶思仁齋不得見則未嘗
不手此三絶自慰第恨不見仁齋全稿今從景醇
先生得閱數百篇高古簡嚴清新要眇真所謂詩
中有畫古詩之流也夫豈易得哉然豈可以此求
吾仁齋乎近有論趙學士畫頹者曰知公之書畫

者不知公之文章知公之文章者不知公之道德
公平生文章道德皆為書畫二所掩此善論者也
予於仁齋亦然後之論仁齋者尚有兩取捨云耳
成化紀元之七月既望達城徐居正剛中書
于亭亭亭
晉山一日置酒招余示先兄仁齋稿語余曰吾先
兄學問之高翰墨之妙獨步一時不幸早世平生
著述散逸殆盡吾搜而篇之若干首於仁齋有
平生之雅莘覽而正之顥摯遴置諸案上每公退
之暇焚香盥手讀數遍則其詩韻清新法度森嚴
溫潤以栗若切盤田貫皎珠實寶外之寶也以是

71

而求諸古人唐之韋應物宋之陳與義何足讓歟
噫余於文章且不得糟粕安敢窺啄於其間我然
追念仁齋之逝重違晉山之命粗加注乙非敢論
說也成化七年十月戊生朏孤竹崔顥勢遠書于

虛白堂

右晉山世範第一帙今夏官委相公編其祖父
兄三世之所著也通亨為第一卷玩易齋為
第二仁齋為第三仁齋之養花錄為第四公
編之既以宗直故人之弟而又嘗從事于史
高以繕寫淨本見寄且曰此吾先世之菁華
惟懼失墜無聞于世子素喜文墨耳為百里
之長於吾郡財力當有所添也圖所以鋟
諸梓以成吾志乎宗直拜命之厚三復敬
嘆因言曰古有三蘇文聰芳集公之編亦猶
是也唐之杜子義以文章為小技其言雖若
自謙然此之道德政事固為小也今公於先

73

世之小者而物之高徒其病耀于後猶如是
況其大者秋天嶺雖小邑非孔道也宗直又
不喜異代之娛浮費頗省頭流崖谷梓木如
雲公且揥別葉所諸之毂以資其用有何勞
揥於民而不為之盡心邪逐募工得九人使
鎬之始事以六月而訖工以九月其始自今
晋山三世之文章為笙簧為膽炙於世人之
口耳于以傳之無窮焉噫公之志庶幾成矣
弟念公之於家業論其大者固已增光于前
吳論其小者亦下視大玉溪之與頴濱其葉
國之文蔚為薦紳所宗寢寮短章卷容大篇

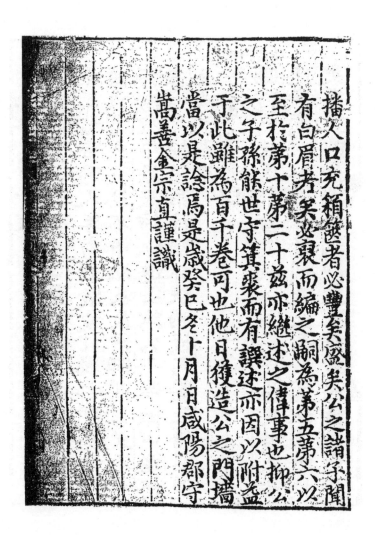

播人口充稍篋者必豐矣盛矣公之譜子聞
有白眉芳笑必裹而編之嗣為茅五茅六以
至於茅十茅二十兹亦継述之偉事也抑公
之子孫能世守箕裘而有譔述亦因以附益
于此雖為百千卷可也他日後造公之門墻
當以是諗焉是歲癸巳冬十月月咸陽郡守
嵩善金宗直謹識

75

仁齋姜公行狀

公諱希顏字景愚號仁齋戴憨公之長子也公
生而智識過人年甫數歲戲於墻壁間隨手揮
灑戎書戎畫無不中法及長從師問學文名大
振歲戊午新設詩賦進士試公一舉輒中辛酉
李石亨榜登第補翰林秩滿授司瞻注簿累遷
至禮曹佐郎
世宗得寶玉欲用
欽賜體天牧民永昌後嗣八字為寶難其書篆者
廷議薦公以禮官務劇遷公為敦寧注簿陞授
吏曹正郎秩滿拜副知敦寧府事時議政府諭

76

詳缺貞政府擬公為薦首公不喜榮進固辭諸

相怏之知其誠乃巳累歷司憲掌令知司諫院

事集賢殿直提學知兵曹事歷吏戶禮三曹叅

議出為黃海道觀察使以母病召還復拜戶曹

叅議俄陞嘉善行上護軍朝

燕京華士觀公風度知其為非常人及見所作書

盡大加稱賞求者坌集公皆諫郤還朝拜仁壽

府尹乙酉冬公發背而卒享年四十八公天性

況正雅淡寬平樂易遇事不敢以能先人不激

紛華絕口不言媒進之計人問其故公曰窮達

皆有分限求之不得辭之不避或過其分禍敗

隨之何苦經營以要非分或欺其憪公慶之怡
然文章詞藻得其精粹篆隸真草至於繪畫之
妙獨步一世公皆秘而不宣子弟有求書畫者
公曰書畫賤技流傳後世秖以辱名耳手蹟世
罕傳為凡物理精粗一見自解獨不知音律曰
伶人彈琵琶者曰汝可徐徐下指熟視良久曰
雖不成聲且得梗槩美手彈一腔不失條貫之
那其敏著養花小錄曲蓋蔣養之法以寓經繪
造化之意一日語弟景醇曰吾不久於世景醇
請其故曰吾夢入官府群公列坐間有塵席問諸
下者苔云坐此者適他所今歲當還視其標題

78

則吾姓名也此豈久徵於是歲某卒公先妣知
通禮門事李谷之女無子先公巳後娵前注簿
金仲行之女生四女長適叅奉趙仲輝次適生
貞宗胤宗次適幼學金孟鋼次適幼學魚孟濂
皆世族子弟之有學行者也歲壬辰春正月下
澣純誠佐理功臣嘉靖大夫戶曹叅判兼同知
春秋館事福昌君金壽童謹狀